m

———————— 阅读之前 没有真相

午夜文库 ——————————

链爱

永晴 著

新 星 出 版 社　NEW STAR PRESS

目 录

序章　红衣天使

城市的夜空永远像墨一样黑。

仿佛是有人轻轻拧开了瓶盖，将墨水倾倒而下，乌黑色的液体滴落在穹顶之上，随即沿着四周慢慢流淌，将整片天幕从蔚蓝染成藏青，直至变成没有一丝瑕疵的炭黑，连太阳带来的温暖和光亮都被逼走，世界从此陷入了沉睡。

这样的夜幕总是令人害怕，尤其是对于上夜班的女性来说。

阿晶冲着门口值班的男网管道别，拎着挎包出了网吧，走上了回家的路。她是这家网吧的网管之一，网吧实行轮休制，也就是通常人们所说的三班倒，她前两天刚休过夜假，因此今天轮到她值夜班。

阿晶家距离网吧不远，凭她这一双小短腿也能在十分钟之内走到。那是一间不过五十平方米的出租屋，地段不太好，里面的装修也很一般，价格在 G 市这样的二线小城里算是比较实惠的，这对于她这种要文凭没文凭、要资历没资历的外地打工妹来说，已经是一个很不错的栖身之所了。

"这个月的工资到手后，我买一件新衣服犒劳犒劳自己，剩下的钱就攒起来吧。"四下无人的街道让阿晶有些害怕，于是她经常通过这样的碎碎念来驱散自己的恐惧。"今年年底可以拿到一笔奖金，再这样干几年，我就能凑齐一套房子的首付了，真是想想就令人激动啊……"

沿着马路走到尽头，阿晶转进了一条僻静的小道。这条昏黑幽深的小路没有路灯，一眼看不到尽头，浓浓的黑暗似乎让它笼上了一层雾气。不远处小楼上一户人家的窗户还亮着灯，应该是起夜的老人或者小孩。

身后的街灯逐渐消失，随之而来的却是某种异样的感觉，好像有什么东西随着黑暗一起摸进了小道。

阿晶感到有些不舒服，回头望去，却只能看到无边无际的夜色。她不自觉地加快了脚步，想着尽快回到家里，回到那个怎么看都说不上好，却能保护自己的家。

绕过一个拐角，面前还是一片漆黑，阿晶摸到了路边的电线杆，确认没在黑暗中迷路。这根电线杆上面原本有一盏不算明亮的白炽灯，但是质量一直不太好，经常忽闪忽闪的，反而更容易吓到人。

"偏偏这时候不亮！"阿晶低声埋怨一句，抬脚轻轻踹了电线杆一下，接着继续快步往家的方向赶。

就在这时，不知是不是刚刚那一脚的功劳，身后的白炽灯突然亮了。

面前的地上突然出现了一团黑乎乎的东西，阿晶身体一滞，顿时鸡皮疙瘩都起来了。

那是一道影子。

一道来自她身后的人影。

阿晶连忙回头，白色的灯光洒在那个男人的背上，投射出的阴影巧妙地遮住了他的脸，只能看到他的嘴唇在黑暗中微微翕动。

"睡吧，睡吧，我亲爱的宝贝。"男子温柔地唱道。

阿晶感觉自己的汗毛全都竖了起来，赶紧转身，飞快地往家的方向跑去，只要再跑一分钟，她就能冲进温暖的家中，就能像往常一样扑倒在柔软的被窝里，美美地睡上一觉。

高跟鞋像打快板一样在水泥路上嘚啪嘚啪地叩着，阿晶上气不接下气地奔到了家门口，三步并作两步地上到三楼，从挎包里掏出钥匙。

身后并没有脚步声，那个男人应该没有跟过来。

阿晶的手剧烈颤抖着，小小的钥匙无论如何都插不进锁孔里，磕在门上发出一连串响声。终于，钥匙顺利地插了进去，阿晶长舒了一口气。

与此同时，有一样东西也插进了阿晶的后背。

阿晶那口喘到一半的气憋在胸口，仿佛从后背的伤口处漏出去了。

那是一柄尖刀。

一股温热的气流灌进耳朵里，男人在她耳边轻唱："摇篮摇你快快安睡……"

男人一手捂住阿晶的嘴，另一手重复着拔刀和刺刀的动作，扑哧扑哧的声音在楼道里回响，喷溅的鲜血染红了他的外衣。阿晶从没有感觉到过如此剧烈的疼痛，她的眼泪鼻涕流了一脸，牙齿死死咬住男人的手，可是他的手上戴着厚厚的手套，根本无法咬破。

不知过了多久，怀中的阿晶停止了挣扎，男人把她放倒在地上，嘴角不禁勾出一抹微笑。他从口袋里掏出一个口罩，给死去的阿晶戴上。

乌云终于散去，清冷的月光透过窗格照亮了阿晶那张了无生气的苍白面容，也照亮了那个纯白色口罩上用鲜红墨水画出来的一对獠牙，尖锐的獠牙从咧开的嘴里露出，犹如嗜血的猛兽。

男人伸手把阿晶圆睁的双眼给合上，动作轻柔，宛如轻抚爱妻脸庞的丈夫。

"夜已安静，被里多温暖。"

《连续杀人犯"红衣天使"再次作案，已致八人死亡！》——春节临近，各大报纸喜气洋洋的红色版面上，多多少少都夹杂着这样骇人听闻的黑色标题。不仅如此，各大电视台也在持续跟踪本次案件，大大小小的节目都对本案高度关注，无论观众换到哪个频道，都能听到不绝于耳的"红衣天使"四个字。

一家米粉店的电视屏幕上，一名法治纪录片的主持人用肃穆的语气介绍着最新案情："据本台记者的最新消息，红衣天使于今天凌晨在本市秀峰区将一名走夜路的女子杀害，作案手法依然和以前一样残忍，并且给死者戴上了画有红色獠牙的白口罩。目前警方正在积极展开调查，希望通过走访周边群众，搜集到更多有用线索。"

阿晶在本市没有亲人，所以拍摄现场显得异样的安静，警方各个部门的警员井井有条地工作着，打了马赛克的尸体被搬上救护车，现场没有亲人的哭号，静得出奇，却显得更加哀伤。

主持人接着说："下面我将为大家回顾一下红衣天使案的全部经过。第一起案子发生在二〇〇八年六月，一位环卫工人清晨打扫大街时发现一名男性卧倒在路边，以为他喝醉了，准备去叫醒他时，环卫工却发现他的身下有一摊已经干涸的黑色血迹，于是赶忙报警。

"警方赶到现场并进行保护和勘查，发现此人死于谋杀，更令人惊奇的是，死者的脸上戴着一个用油漆笔画上红色獠牙的口罩。一开始警方认为这只是死者的个人兴趣，戴在脸上做装扮用，可随着第二、第三起案件的发生，每个死者都戴着这样一副口罩，警方便断定，这是凶手故意留下来证明自己身份、挑衅警方的标记。

　　"然而此时再封锁消息已经来不及了。从二○○八年八月至今，短短的半年内，刻意模仿此案手法进行犯罪的模仿犯足有十余人之多，这给警方的调查带来了极大的阻力。后来警方虽将所有模仿犯全都缉拿归案，但是因为警力的分散，抓捕真正凶手的进度却受到影响。与此同时，这件事在互联网上传播广泛，由于此人的身份标记是一个白口罩，有好事者给他取了一个代号——红衣天使。

　　"红衣天使的反侦察意识很强，在犯下的八起命案中几乎没留下有用的线索，再加上被害者无论是身份、职业、交际圈都少有关联，本案系无差别杀人的可能性很大，侦破工作也因此进展缓慢。本台在此呼吁广大群众，晚上切忌独自出门，一旦发现可疑人员或者能够提供有效线索，请立即联系警方，所提供的信息被查实有用后，提供者可以获得市公安局准备的十万元奖金。"

　　这个数额的奖金让正在米粉店里吃粉的人动作同时一顿，产生了不大不小的喜剧效果，随后定格的画面重新动起来，食客们继续交谈，服务员们继续忙碌，仿佛根本没人在意这条悬赏。

　　这其中有一部分人，在放下碗筷，用纸巾匆匆擦干净嘴角的油渍之后，奔回自己的家中或办公室，用秒速不过 200K 的有线网络在网上发着帖子。

妇女之友　10:23

最近那个被杀的女的，简直是活该啊，谁让她大晚上的一个人走夜路？这不就是找死吗？一点自我保护意识都没有！

狼友不齐　11:11

这些个女的干的肯定不是什么正经工作，不然怎么会那么晚回家？

春日　11:13

你们怎么能这么说人家？她们都是受害者！应该被斥责的是凶手才对！

狼友不齐　12:00

我说她们关你屁事啊！言论自由懂不懂？

春日　12:01

言论自由不是这么用的，凶手杀了人，就应该被斥责！受害者无缘无故被杀，都是普通民众，就应该获得同情！

妇女之友　12:29

哎，我说楼上那个春日，那些被杀的女人不会是你的站街同行吧？不然怎么这么帮她们说话？

狼友不齐　14:33

这位朋友说得很有道理，我挺你！

在那个网络刚普及没多久的年代，网络暴力并不像如今这样能够得到一定程度的控制，这样的对骂在乌烟瘴气的网络环境中显得那么正常。同样地，一些"有识之士"经常会发表一些看似很有道理的分析讨论帖，对案情进行探讨和推断。

二中福尔摩斯　19:53

依我看，这起案子的凶手肯定不是医生，他故意留下口罩，就是为了误导警方，将他们的调查方向引到医院上，这样自己就可以摆脱怀疑，进而获得更多的时间和空间杀更多人！

阳光　21:16

你们说，画着红色獠牙的口罩会不会是某个组织的标志？我听说古代有很多为非作歹的黑帮，在杀了人之后都会留下属于自己帮派的标志，这样官府就会对他们产生忌惮，进而不敢深入地查下去，生怕惹祸上身。

一时间，不只是 G 市本市的论坛，虎扑、天涯等红极一时的网络社区都贴出了大大小小的讨论帖，来自五湖四海、良莠不齐的一众网友发表了各自的见解。G 市仿佛舞台中央的演员，接受着台下所有观众的注目礼。

可也正是在那天，在第八名被害者出现不久后，网上对此案的讨论进入了前所未有的高潮。

红衣天使　22:00

大家好，我就是你们一直在讨论的红衣天使，很高兴能用这样的方式和大家进行交流。

之前我也看过媒体对我所作所为的报道，他们都在猜测我为什么要杀掉那么多人，今天机会难得，我就来给大家一个正确答案吧。

——因为我觉得好玩。

放心，我不是精神病，也不是故意报复社会的恐怖分子或者绝症患者，我只是在兴趣爱好上和你们有一些不同。普通人靠看电影、做运动来缓解压力，而我，靠的是杀人。

今天就先下线了，以后我们还会再见面的。

网络上虽然都是运用文字进行无声的交流，可是当这个帖子发出来的一瞬间，所有的网民都感觉四周变得寂静无声，整个互联网似乎在那一刻停止了运转。紧接着，顶帖的高潮爆发了。有人大声斥责红衣天使泯灭人性，有人质疑他的身份，还有更多人是抱着凑热闹的态度在帖子底下围观。

当网民们对这份帖子热烈地发表各自的看法时，G市的另一个角落里，也有一群人在激烈地研讨着红衣天使犯下的所有案子。

"这个红衣天使是医护人员或者是具备医疗器械相关知识的人的可能性很高！"G市公安局内，分管刑侦的局长李文声音低沉，不徐不疾地诉说着自己的看法。

"李局说得对。"他身边的一位警官点头道，"根据法医的验尸结果我们可以得知，凶手前七次行凶使用的都是22A型号的手术刀片，外加四号的手术刀柄组合而成的凶器。22A 型刀片属于大号圆刀，主要用来切割皮肤、皮下肌肉和骨膜等组织，和凶手的作案目的以及手法吻合。凶手前七次作案都是先用手术刀捅破死者要害器官，令其失去抵抗能力，随后再对受害人的身体进行凌虐，让受害人在痛苦中死去，因此死者的死状都极其凄惨。"

"昨天发生的第八起命案，凶手使用的不是手术刀，而是菜市场就能买到的尖头水果刀，这是不是意味着这也是一起模仿犯罪？"有人问道。

"刚开始我也是这样想的，但是后来我有了一个重大发现。"李局长轻轻用手指敲击着桌面，实木制成的桌子发出沉闷的响声。"最近我市的第一人民医院正在推行控制医疗器械非正常损耗制度，因此对于各式器械的领用都非常严格。"

"您的意思是，由于这个原因，红衣天使拿不到手术刀，只能用水果刀代替？"一个警官眼睛一亮。

"是的，所以凶手是第一医院的医生的可能性非常大！"李局长这段推理掷地有声，令所有人精神一振。

"全体都有！"坐在李局长旁边的警官站了起来，"一小队二小队即刻着手排查医院内所有符合条件的可疑人员，三小队再梳理一遍案情，寻找可能遗漏的关键线索。咱们这一次，一定要把这个红衣天使……不，这个红衣恶魔给揪出来！"

"是！"充满自信和力量的高呼从市公安局会议室里传出，飘向万家灯火。

一周后，红衣天使案犯罪嫌疑人、G 市第一人民医院普通外科医生薛勇落网。

一个月后，G 市中级人民法院公开审理此案，判处薛勇死刑，立即执行。薛勇没有提出上诉。

几天后，薛勇坐上专门用来押解死刑犯的车，来到了市郊的行刑场。刑场严格按照要求建设，不在闹市区、旅游景区和交通要道旁，而是在一个浅山谷谷底的一栋建筑内，灰白色的墙壁在青山的环绕下显得十分显眼，也显得缺乏生气。

薛勇被执刑人押下车。他头戴黑色头套，穿着囚服，双手反绑，一言不发地低头走着。来到屋子后面的场地上后，他被勒令跪下，身后的武警手持半自动步枪，脸上架着墨镜，面不改色地等待行刑时间的到来。

忽然，面前的薛勇开始浑身颤抖，嘴里发出低低的呜咽。

武警不为所动，他见过太多犯案时凶残至极、临刑前却吓尿裤子的囚犯。可出乎他意料的是，从薛勇嘴里发出的呜咽竟然逐渐变成了嘶哑的笑声！

笑声伴随着山谷中的风声四处回荡，变得愈发诡异。所有的人都愣住了，不明白这个即将被执行枪决的人为什么会如此开心。

笑了好一会儿，薛勇住了嘴。他抬起了头，虽然面罩遮住了他的表情，不过在场的所有人都可以想象得出他究竟是用多狰狞的嘴脸说出了这段话。

"你们以为杀了我就能结束这场杀戮吗？没用的，就算我死了，红衣天使仍然会降临于世，继续杀人！"

武警不由得打了一个激灵，只听身边的长官说："时间到，行刑！"他连忙拉开枪栓，对准薛勇的后脑就是一枪。

令人毛骨悚然的笑声戛然而止，取而代之的是震耳欲聋的枪响。

早在一旁待命的法医跑到薛勇身边蹲下，将钢签插入弹孔，搅动两周，确认犯罪者已经死亡，随即唤来几人将尸体抬上车，对其进行输液，以保证器官活性。犯罪者在进监狱时都进行过传染病的检查，没有疾病的死刑犯，器官在被摘除后会用液氮低温保存起来备用，将来提供给有需要的人。

武警长舒了一口气，偷偷擦了擦额角的汗水，这是他负责行刑以来第一次出冷汗。

不过这又有什么关系呢？他马上就可以换下装备，好好享受行刑后的一周假期，陪陪自己的女朋友。

所有人都以为事情结束了，都以为薛勇那番话只是临死前的虚张声势。

可惜不是。

短短三个月后，画着红色獠牙的口罩再次出现，红衣天使的模仿犯又出动了，而且这一次与上次不同，他们不是一个个地出现，而是成群结队地出现。根据警方的粗略估计，应该同时有三名模仿犯在 G 市犯案，手法跟薛勇的十分相似。

警方觉得十分奇怪，按理说他们限制了媒体对案情的曝光程度，不可能有那么多人知道案件的细节，于是警方在对模仿案进行调查时也抽调人手对可能得知薛勇犯案情况的途径进行排查。终于，一名技术部门的网警通过一些蛛丝马迹发现了隐藏在互联网中的一个暗网。

所谓暗网，就是指那些存储在网络数据库里，但不能通过超链接访问而需要通过动态网页技术访问的资源集合。网警发现的这个暗网，里面储存的全是几起案子的围观群众和第一发现人的口述拼凑起来的犯罪现场。而暗网的访问者们则是一群拥护红衣天使的网民，他们因为各种原因憎恶这个社会，于是建立了暗网，了解到红衣天使的情况，在他死后也甘愿成为模仿犯，让红衣天使的名号能够继续传承下去。

有了这条线索，警方顺藤摸瓜，一窝端掉了这个极端组织，法院也对里面的模仿犯判处了重刑。

但是，有一起匪夷所思的案子却令警方毫无头绪。

那起案子，没有嫌疑人，没有动机，甚至没有任何人能够进出案发现场。凶手就好像一个真正的天使，能够降下天罚，并且来无影去无踪。时光流转，案子的真相也随着专案组成员的淡忘，永远尘封进了档案袋中。

谁也没料到，十年后的某天，那个宛若瓷娃娃般的少女会亲手将档案袋打开，掸掉上面的灰尘，用轻描淡写的语气将卷宗上遗留的所有疑点一一破解。

那位少女的名字叫⋯⋯

第一章　降　临

G市高铁站几乎天天人满为患，拎着大包小包的旅者、拖着行李箱的职员和穿着朴素的农民工比肩接踵，还有不少拉客的的哥和酒店前台穿梭其中，卖力地吆喝着。

刘辞往一只手拖着二十八寸的行李箱，另一只手牵着温澄，努力地在人群中开辟道路。温澄略显单薄的身子被人群挤得有些站立不稳，刘辞往见状把她搂进了怀里，护着她往车站外的出租车停靠点走去。

"抓小偷啊！"突如其来的女性尖叫在一瞬间盖过了车站的嘈杂，所有人都像静止了一样，望着声源的正中，那里一个中年女性跪在地上，手指着一个方向。在这幅静止的画中，一个二十来岁的年轻男子抱着一款女士挎包，宛如一只猿猴，灵活地在人群中穿梭。

见状，刘辞往毫不犹豫，一只手扔掉箱子另一只手放开温澄，三步并作两步地朝着小偷追了过去。温澄对此也没有表露出丝毫不高兴，只是无奈地叹口气，捡起倒地的拉杆箱，左右开弓地独自一人努力挤出人群。

"站住！"刘辞往大吼着，脚下步子不停，奋力朝着小偷的方向跑去。小偷察觉到了身后的脚步声，跑得更快了。他拨开人群，率先冲到了开阔地带，朝着周围张望一下，随即跑向了高铁站旁的一条小道。

不好，如果被他跑进里面的居民区，就很难再追到了！刘辞往也顾不得那么多，撞开了几个人，紧跟着小偷跑进了错综复杂的巷弄。

这个小偷对此地的地形十分熟悉，看来是个惯犯，饶是刘辞往这个本地人也比不上他。不过刘辞往靠着自己拿过短跑和长跑双项冠军的双腿，紧紧咬着他不放，因此也没被他甩开多远。

两人就在曲曲折折的小巷里追逐着，但是距离已经在慢慢缩短，小偷的体力终归没有刘辞往好。眼见刘辞往就要追上自己，他灵机一动，一个急转弯，拐进一条稍微宽阔一点的路，面前不远处出现了一道只开了一条缝的双开栅栏门。小偷似乎早就料到了这种状况，他闪身进入，拉过门上的铁链，取下上面打开的挂锁，示威似的朝着刘辞往挥了挥。随着"咔嚓"一声，铁链的两头被锁在了一起。

慢了一步的刘辞往来不及减速，伸出的手插进了栅栏的空隙中，整个人撞了个结实，铁门发出了哗啦哗啦的响声。

"呸！"小偷冷笑了一声，往面前挥舞的手掌上啐了一口，拎着包吹着口哨，大摇大摆地走了。

"你别走！"刘辞往疼得龇牙咧嘴，脸上也多了几道瘀青，但他还是用力大喊着。小偷根本不理他，懒洋洋地如同散步一样，晃晃悠悠地渐行渐远。

"可恶！"刘辞往用力砸了铁门一拳，忽然，他注意到铁门顶端的铁条。

他活动活动身体，减轻疼痛带来的不适，随即往后退了两步，呼了一口气，猛地加速就朝铁门全力冲刺。听到动静的小偷回头查看状况，被这一幕吓了一跳。

这家伙不是疯了吧？居然敢用身体撞门？想当英雄到连命都不要的地步吗？

然而，就在距离铁门前一步远的地方，刘辞往突然两脚并拢，双膝顺势弯曲，随即如同一根压缩到极点的弹簧，离地往上蹿去！

"啪！"伸出的右手牢牢地抓住了铁条，刘辞往借势一荡，左脚也搭了上来，不一会儿工夫就攀上了铁门。被这一幕短暂震惊的小偷再也没有了之前的闲庭信步，慌慌张张地正欲再逃，谁知在他转过身的一刹那，地面上一道黑影自空中降下，宛如捕食的苍鹰。只见那道影子越来越大，越来越清晰，伴随着一阵巨大的冲击，小偷被扑倒在地，他的影子和空中的影子重叠在一起。

"我让你跑！"影子的主人用擒拿技的手法锁着他的肩膀，恶狠狠地说。

五分钟后，警方接到报警赶到现场，只见小偷趴在地上，一边脸颊因为长时间贴在滚烫的柏油路上而有了五分熟。失物主人赶到现场，接过刘辞往手中的包，一个劲地道谢。

"小伙子好样的！"一名警察拍拍他的肩膀。"现在敢于路见不平拔刀相助的人越来越少，你的见义勇为行为可是大大地传播了正能量啊！"他忽然收起笑脸，严肃地说，"不过我要提醒你，在帮助他人的时候一定要注意自身安危，如果小偷身上带着刀，你这么冲动很可能会让自己受伤。看你的样子，还是个学生吧，以后遇事多思考，见义智为，一切都以人身安全为重！"

刘辞往不以为意地微微一笑："谢谢您的提醒，不过您放心，我都在咱们 G 市抓了好几个小偷了，每次都有些小伤，不过不碍事。"

"好几个小偷？"警察有些诧异，"你是警校的学生，放假来火车站站岗？"

"不。"刘辞往摇摇头，"我叫刘辞往，是 Z 大学应用心理学专业的大三生。"

"你呀，每次见到小偷啊强盗啊就跟见着媳妇似的，丢下我就不管了。"车站前的广场上，温澄坐在行李箱上，指着地上倒着的另一个行李箱，"害得我拖着这么重一个东西冲出人群，我全身都要散架了！"

刘辞往挠了挠头："他们哪有你好看。"

"只是遇上没我好看的你就这么拼死拼活地追，要是遇上比我还好看的你岂不是要翻天？"

看着温澄竭力用气鼓鼓的表情掩饰眼中的笑意，刘辞往伸手把她拉起来，顺势搂了搂她："走吧，咱们回家。"

刘辞往的家在市中心一栋低层建筑的三楼。两人把行李箱放在门口，刘辞往便跳进沙发里："啊！累死了！"

"把你的衣服脱了。"温澄一边换鞋一边说。

"不是吧，我们刚坐了几小时高铁到家，你就要做剧烈运动？让我休息一下好不好？"刘辞往夸张地捂住胸。

温澄不屑地白了他一眼："我帮你处理处理你身上的伤！"她熟练地从柜子里翻出药箱，在里面找到碘酒和棉签，刘辞往已经脱下了上衣，露出了结实的肌肉，只是上面有着不少新的伤痕。

温澄仔仔细细地用碘酒擦拭每一道伤口，然后盯着刘辞往，语气前所未有地严肃："辞往，你听着，我不反对你见义勇为，甚至是因为你富有强烈的正义感才答应和你交往的，但是你要时刻记着，以后遇事千万不要冲动，能够用非暴力手段解决的就忍住别出手，虽然你的身体素质好于常人，会一些格斗技，但是倘若真的遇到亡命之徒，你很可能会受很重的伤，甚至是……"说到这里，她顿了顿，把嘴边的话咽了回去，"总之，你要知道有一个人时刻在牵挂着你的安危，以后出手前想一想好吗？"

刘辞往回应着她的目光，沉默良久，坚定地点点头。

"好，现在把裤子脱掉吧。"

"你来真的啊？！"

"你脑子里一天到晚地尽想些什么？"温澄羞红了脸，"你走路的姿势有些别扭，别以为我不知道你的腿上也有伤！别废话，快脱了！"

刘辞往撇撇嘴，顺从地脱掉了裤子，他的两个膝盖处果然有很明显的擦伤和瘀青，想必是从铁门顶端跳下来扑倒小偷时磕在了地上。

温澄再次小心翼翼地帮他清理伤口。碘酒沾在皮肤上一点也不痛，反而凉凉的，有一种异样的舒适感。刘辞往感觉原本疲惫的身躯竟渐渐恢复过来，他低头望着女友认真为他清理伤口的表情，心头一暖，忍不住把她抱进怀里，对着她的双唇吻了下去。

"唔……放开我……还没帮你上完药唔……"

不一会儿，刘辞往身上仅剩的一条内裤也被随手扔到地上，随之落地的还有原本穿在温澄身上的轻薄夏装。

一阵云雨过后，温澄的头枕在刘辞往裸露的胸膛上，一根手指在上面反复地画着圈圈。

"你说，咱们认识多久了？"她突然问。

"我们是二〇一六年六月二十三日在一起的，到今天已经两年零一个月了。"求生欲一向很强的刘辞往流利地回答道。

"当时你只不过是帮我打跑了几个地痞流氓，我就对你死心塌地了，现在想想还真亏。"

"小姐姐，我可是被砍了一刀啊，背上现在还留着那么长一道疤——呢！"刘辞往嚷嚷道，故意拖长了"疤"字。

"喊什么喊，后来我不是在医院里陪了你一个月吗？"温澄轻轻掐了他一下，"当时我就在想，这个男生对第一次见面的陌生人都能毫不犹豫地出手相助，如果成了她的女朋友，他一定会对我比对自己更好吧。"

"所以你就来医院照顾我，趁机用温柔攻势将我拿下？"回想起温澄跑前跑后帮自己做饭洗衣服的场景，刘辞往不禁有些感动。

温澄是 C 市 Z 大隔壁 H 大的学生，主修管理学专业，和刘辞往同级。由于 Z 大和 H 大的校区相隔不过一公里，两校学生之间的交流非常频繁。事件发生在某一天晚上的十点多，结束客服兼职的温澄下班回宿舍，途经一条比较幽暗的小路，被两个喝醉酒的小混混拦了下来，搜走了她的手机和钱包不说，还对她动手动脚的。温澄非常害怕，可是自己在人数和体格上都不占优势，周围又没有行人，可以说是上天无路入地无门。

正在她濒临绝望之际，碰巧路过的刘辞往挺身而出，和两个小混混纠缠在一起。惊慌失措的温澄本能地跑远了，回过神来后才想起报警。等她悄悄回到小路的路口时，才发现三个人倒在地上，两个小混混似乎被敲晕了，而刚刚救自己的男生则浑身是血，背上的衣服被划开一道大口子，里面的脂肪和肌肉组织隐约可见。温澄被吓得坐倒在地，颤颤巍巍地叫了救护车。

第二天，做完笔录的温澄带上水果去医院看望刘辞往，两人算是认识了。一个月后，刘辞往出院当天，温澄主动表白，两人正式确定关系。

"英雄救美啊？真是老套的情节。"所有认识他们的人都这么说。

刘辞往想起往事，嘴角忍不住挂起一丝傻笑。他抚摸着温澄的后背，轻轻重复了一遍答应温澄表白时的誓言："我们会永远在一起的。"

温澄往他怀里拱了拱，如同一只猫咪，温顺地点点头。

睡了一小时的午觉，两人起床，朝刘辞往的爷爷奶奶家赶去。两位老人如今都步入古稀高龄，身体也难以避免地出现这样那样的毛病，孝顺的刘辞往每年寒暑假都会赶回来照顾他们，只不过今年他要带给他们一个惊喜，那就是将成为他们孙媳妇的温澄。

温澄挽着刘辞往的手臂，两人坐上了公交车。车上的人并不多，他们在后排找了两个位置坐下，刘辞往掏出手机打开微信，漫不经心地在朋友圈里翻着。温澄倚在车窗上，望着窗外缓缓倒退的街景，不知在想些什么。

突然，挽着的手臂一紧，温澄感觉到一阵疼痛，她扭头望向刘辞往，只见他两只手用力地攥着手机，似乎要将它捏碎一般，面目狰狞地盯着屏幕，连收紧的手臂夹住了温澄的手都没察觉到。他脸上红润褪去，泛起白里透紫的颜色。

"辞往，你怎么了？"温澄被吓到了，她摇了摇刘辞往的手臂，见他没有动静，于是瞄了一下他的手机屏幕，顿时也觉浑

19

身一凉。

那是一段朋友圈小视屏，因为处于暂停状态，所以温澄不知道具体内容是什么，不过上面的文字她却是看得清清楚楚：

听说红衣天使又出来杀人了！我现在就在现场，警方已经把这里围起来了！！

温澄握紧了刘辞往的手，她知道这个名字对他意味着什么。

十年前，红衣天使——准确地说，是红衣天使的模仿犯杀死了刘辞往的父母。那件事对当时还是个小学生的刘辞往来说是一个天大的打击，再加上时至今日，其他模仿犯悉数落网，唯独杀害他父母的凶手仍未归案，这让刘辞往内心的伤疤迟迟无法愈合。

当刘辞往对她和盘托出这一切时，温澄从后面紧紧地抱住了他，与他共同哭泣。当时怀中的他浑身发冷，不断颤抖着，犹如一匹重伤垂死的狼，无助而怨毒。

回过神来，温澄用力握了握刘辞往冰凉的手，和他共同承受满溢的悲愤。他动作僵硬地扭过脸，嘴角抽了抽，努力摆出一副难看的微笑："别担心……我……没事的。"

温澄叹了口气，帮他整了整衣领："去吧，等下我自己坐车回去就好了，咱们下次再登门拜访爷爷奶奶吧。"

"好……你路上小心。"刘辞往放开了温澄的手，从椅子上蹦起来，在下一站跳下车，马上伸手拦了一辆过路的的士，朝着一个方向疾驰而去。

出租车后座上，他反复观看着那段视频：一栋建筑内，一位身着制服的警察拨开人群，走向走廊尽头的一个房间，远处传来的警笛声似有若无。

从这段视频可以很容易分辨出拍摄者所在地是 G 市的香格里拉小区,非常巧的是,视频里的那个警官和刘辞往是旧识。

他深吸一口气,尽量让自己冷静下来,随即拨通了手机中一个名叫堂仕文的联系人的电话。

"喂,辞往,我在办案,等下联系你。"电话接通后,那边的男子压低声音说。

"是红衣天使吗?"

对面没料到刘辞往会如此快速地得知案件的内容,沉默了半晌,轻轻地"嗯"了一声。

"我现在就在赶去现场的路上!"刘辞往的声音突然变得急促。

"不行!"堂仕文连忙制止,"你在想什么?这可是警方办案!"

"十年了,整整十年了!"刘辞往低吼道,引得前面的司机频频从反光镜里望他,"这个凶手逍遥法外十年了,你们都拿他无可奈何,如今他又出来犯案,我怎么可能不做些什么?!"

"辞往,你冷静一下,我们是有纪律的,不能让和案件无关的人进入现场!"堂仕文也提高了音量,"况且,现在还不能确定这起案子的凶手和十年前的案子有没有关联,等我们的调查结果出来我再转述给你好不好?"

"我绝不放弃任何一条可能揪出杀害我父母凶手的线索!"刘辞往再也按捺不住,对着话筒大吼起来。司机被吓了一跳,握着方向盘的手抖了抖,出租车在道路上开了一个 S 形,刺耳的刹车声和尖锐的鸣笛声此起彼伏。

对面再次陷入沉默,良久后才传出一声长长的叹息:"好吧，你过来吧，我在香格里拉小区的三单元二十一楼，等你到了打我电话。"

刘辞往低低地说："谢谢。"

香格里拉是一片高档住宅小区，位于 G 市的三环位置，这里既距离市中心的繁华地段不远，又在一定程度上远离了喧嚣。穿过宛如迎宾小姐夹道欢迎般的棕榈树，刘辞往来到了三单元住宅楼，这是一栋三十层的高层住宅，里面配备了两台电梯。他乘上一台，按下了"21"的按钮。随着电梯越来越接近现场，刘辞往发现自己居然紧张得冒汗了。

电梯门开，映入眼帘的是攒动的人头，十来个人挤在警戒线前，像伸长脖子的鸵鸟。刘辞往走到角落打了个电话给堂仕文，很快，一个虎背熊腰的警官快步走了出来，他的皮肤黝黑，面容刚毅。堂仕文来到刘辞往身边，冲他微微颔首，然后领着他走进了案发现场。

几个警察在客厅里忙活着。两人穿过客厅来到餐厅，只见大片大片的血迹在地上汇聚成褐色的血洼，溅在墙壁上的血星星点点，宛如凋零枯萎的冬梅，散发出的却是浓郁的血腥味。密密麻麻的血点之中，有一块突兀的空白，很可能是凶手的身体挡住了飞溅的血滴。

餐厅的中央，一段人形白线头西脚东地画在地上，在血泊中显得异常惹眼。而在血泊中央，一个熟悉的白色口罩赫然出现在地上，上面的獠牙依旧狰狞。

刘辞往突然觉得呼吸有些困难。

"死者韦随荣，男，四十三岁，未婚独居，系 G 市某制药公司的一名高层行政管理人员，死亡时间推定于昨天——也就是八月十八日的二十三点至二十三点三十分之间，死者身中十三刀，刀伤集中分布在尸体的正面腹腔部位，死因是失血性休克，凶器就是地板上的那柄菜刀，来源于死者家中的厨房。"刘辞往顺着堂仕文的手指方向望去，死者脚边不远处立有一个写着"A"的三角塑料牌，牌前有一柄锋利的菜刀，上面的血液已经凝固。

"第一发现人是死者家中的保姆……我不知道叫他'保姆'合不合适，因为他是一名男性。他在今天按时来死者家中打扫，却在打开门后发现尸体，遂报警。"

说完，堂仕文附在刘辞往耳边说："尸体已经搬走，格子也踩完了，所以你可以简单看看现场。不过你还是注意一点，别破坏现场，以后我们肯定还要来二次勘查。"

刘辞往觉得自己的血压骤增，脑袋一阵阵地胀痛，但是精神却异常清醒。他的目光扫了餐厅一圈，落在了地上的血迹上。他慢慢倒退，看着一排足迹一路从血泊中央延伸到客厅，血迹逐渐变淡，直到消失在玄关。但是这排足迹的模样很奇怪，它们不像其他凶手留在现场的足迹那样有鞋底纹路，而是两排完全看不出任何花纹的足迹。

"凶手穿了鞋套？"他喃喃自语，"具备一定的反侦察意识。"

"你们心理学专业教过犯罪心理学的相关知识吗？"堂仕文问，"能不能通过现场，把凶手的'画像'给描绘出来？"

"我的犯罪心理学和变态心理学成绩都是专业第一。"刘辞往目不转睛地盯着那一摊血迹，"不过我从没有实地进行过犯罪心理画像，我的意见只能作为参考。"

"没事，你尽管说吧，我们会筛选有用信息的。"

"在这之前，你能把案发时间三单元的电梯监控和楼道监控视频给我看看吗？我刚才上来时注意到电梯和走廊里都有监控。"

堂仕文唤来一位警察，将拷贝在手机里的监控视频调出来。香格里拉小区的住户是有一定经济实力和社会地位的人，因此小区在物业和安保方面下了很大功夫，其中一项就体现在所有的摄像头都是彩色高清的，不亚于公安机关设置在城市各个角落的天网系统。

首先观看的是电梯内的画面。八月十八日的二十三点十五分，一名身穿黑衣黑裤，头戴鸭舌帽，面覆白色口罩的人走进了电梯，按理来说这样的装扮在夏天会显得很奇怪，可这个时间在小区内行走的路人比较少，所以并未引起太多人注意。那人想也没想就按下二十一楼的按钮，随后懒洋洋地靠在控制面板上，等待电梯到达。

在电梯门打开之后，视频画面切换到了走廊的监控上。那人径直走向了走廊尽头的二一〇六室，也就是死者韦随荣的房间，按下了房门口通话机上的门铃，似乎还隔着通话机和韦随荣对了一会儿话。不一会儿门被打开了，一个光头男子探出头来，想必他就是韦随荣。看到来人，韦随荣二话不说就把他让进屋内，示意对方在玄关处等一等，从鞋柜中拿出一次性塑料鞋套给他换上。随着那人走进客厅，房门被关上，两人的身影消失在画面中。

二十分钟后，那人的身影再次出现在画面中，步子已经不像来时那般沉稳，显得急促且带着慌乱。那人快步走向电梯间，按下按钮，乘着电梯下到一楼，然后消失在无边的夜色中。

刘辞往反复播放这一段视频，目不转睛地盯着手机屏幕。良久，他收起手机，舒了口气，严肃地开口："凶手的性别未知，身高一米七五，与韦随荣熟识，身份八成是比韦随荣社会地位低的人，有可能是他手下的员工、合作项目的乙方，或者是上门讨债的债主。这应该不是他第一次行凶，但是距离他上次行凶已经过了不短的一段时间，这个时间跨度应该是以'年'计算的。"

听着刘辞往进行"画像"，刚开始堂仕文还能镇静地点头表示认可，越听到后面越是目瞪口呆："你是怎么知道这么多东西的？"

"年龄是根据视频中的体态特征和现场没有多少搏斗痕迹推断的，能够将韦随荣轻易制服的凶手，是青壮年的可能性较高。韦随荣膝下无子，以他的交际圈应该不太可能和二十来岁的年轻人有过多交集，因此凶手的年龄在三十岁及以上比较合适。"听到堂仕文的夸赞，刘辞往并没露出自傲或者得意的神色，而是耐心地讲解，"他在电梯里靠着控制面板时，耳朵刚好贴在三十层按键的顶端，这样可以大致推断他的身高；或者更简洁一点，根据现场留下的鞋印，通过你们的'足迹－身高'换算表也能轻易地知道凶手的身高。这些都是很简单的犯罪心理画像，重点其实在后面。

"凶手通过通话机和韦随荣进行交谈，随后韦随荣过来开门。他当时站的位置在门的右侧，韦随荣从猫眼中应该是无法看到他的，之所以还会过来帮他开门，正是因为认出了他的声音。大晚上为一个只听到声音的人打开代表最后一道隐私防线的家门，他们之间的关系应该称得上熟稔了。凶手也是故意选择猫眼的死角站立的，因为如果直接被韦随荣看到他的着装，很可能会引起他的怀疑，这样就很难让韦随荣毫无戒心地开门；而先通过自己的声音让韦随荣把门打开，再让他看到自己的装扮，即使韦随荣觉得奇怪，出于礼貌也不可能立刻把门关

25

上。如此一来，凶手便顺利地进入了韦随荣的家中。"

"你们仔细看摄像头拍到的玄关。"刘辞往指着玄关处的三双拖鞋，"韦随荣过着独居生活，只需要一双拖鞋，但是家门口却摆着三双拖鞋，这是因为什么呢？"

"这是为来访的客人准备的。"堂仕文略一思索便得出了结论。

"没错，可是如此说来，为什么韦随荣不让凶手换上拖鞋，反而让他换上劣质的一次性塑料鞋套呢？"

"你的意思是说……韦随荣在潜意识中看不起凶手？"

刘辞往点头道："拖鞋算是比较贴身的衣物，不愿意让别人穿拖鞋的理由无非两种：一是对方有传染性皮肤病，比如灰指甲等，一旦让他穿鞋就有可能让后面穿鞋的人也染上疾病；二是主人觉得对方比较脏——这种脏可能是身体上的也可能是精神上的，总而言之觉得对方'配不上'自己的拖鞋，所以不给他穿。第一种可能性在本案中不是没有，不过要知道一个普通朋友有没有传染病应该不是一件非常容易的事，所以我更倾向于后者。也就是说，韦随荣不太喜欢这个突如其来的到访者，而且这种不喜欢是不需要过多掩饰的，因此凶手的地位很可能比韦随荣低。"

堂仕文露出恍然大悟的表情，接着问："还有呢？"

"凶手在韦随荣身上捅了十三刀，可他的死因还是失血性休克，这说明凶手并没有捅中死者的要害，让他当场死亡。这说明凶手当时进入了一种意识空白状态。"

"那是什么？"

"其实就是我们常说的'大脑一片空白'。人在极度兴奋、害怕、紧张的时候，思维的运转会受到阻碍，一些平常很容易完成的事情会变得难以完成，取而代之的是进行各种无意义的重复动作，比如上台演讲的人会一直抠手指或者望天花板。"刘辞往说，"当时凶手很可能就是进入了这种状态，所以才不断重复捅人的动作。"

"也就是说，凶手很可能是第一次杀人，所以才如此紧张？可这和你刚刚的推理相矛盾啊。"

"我刚才可还说了，凶手距离上一次行凶有很长一段时间了。"刘辞往不慌不忙，"一件事情重复多遍后，人的肌肉和精神都会适应这一系列动作，但是倘若长时间不做这些动作，身体和精神就会逐渐忘记这种感觉，此时只有通过训练，才能重拾当初的状态。这样的例子很多，比如运动员常说的'三天不练手生'。我觉得这次的凶手也是这样，他上一次行凶时已经在一定程度上适应了杀人，可因为两次行凶间隔太久，所以这次他又像一个初犯一样，选择了低效率的杀人手法。"

"你一直在强调，凶手曾经不止一次杀人，可你怎么知道他曾经杀过人？他上一次杀人又是在何时何地？"

刘辞往突然毫无征兆地陷入了沉默，现场的气氛也随之冷了下来。

望着刘辞往阴沉的面孔，堂仕文忽然反应过来，低呼道："不是吧……"

"你猜得没错。"刘辞往的牙齿被咬得咯咯作响。"这起案子的凶手，和十年前杀害我父母的凶手是同一个人！"

现场所有人都愣住了，转过头来看着这个濒临爆发的青年，他们对十年前唯一未被破解的红衣天使模仿犯之谜多少也有所耳闻。

"你为什么这么肯定？"堂仕文也被他的气势吓到了，在他的印象中，这个开朗的男生是第一次露出这样令人胆寒的神色——那是恨不得将凶手千刀万剐而后快的表情。

"第一，唯一未破获的红衣天使模仿案只剩我父母的那起，事隔这么多年，大家早就忘记了红衣天使的事，这时候还愿意模仿红衣天使的人，非常有可能是十年前没被逮捕的凶手……"

"你说得确实有道理，不过凶手的心理也不好琢磨，说不定他就是一时心血来潮……"

"第二，也是最关键的一点。"刘辞往打断堂仕文，"韦随荣是我妈的大学同学。"

堂仕文呆住了。

"你……你是怎么知道的？"

"我妈在学生时代就很喜欢读小说，再加上她有写日记的习惯，经常把一些事情用小说的笔法写出来，权当是练笔，而在我妈留给我的遗物中，正有几本大学时代的日记，里面记录了她经历的许多事。在她刚去世的时候，我每次控制不住想她，就会找出日记反反复复地读，这样就能够知道她活着时的样子，也能够想起一些她的音容笑貌。我甚至还天真地欺骗自己，只要我把这本日记读了一百遍，我妈就会回来。"刘辞往自嘲且悲凉地扯了扯嘴角，"可是我读了两百遍、三百遍甚至一千遍，我妈却还没有回来，一直都是我一个人。小孩子就是这么幼稚啊！"

堂仕文怜悯地看着刘辞往，不知道该说些什么。

"不过，托这种不切实际的想法的福，整本日记我都能背个八九不离十，所以我很确信，韦随荣这个名字曾经多次出现在日记本中，而且年龄和职业都对得上。"

"原来如此。"堂仕文有些受不了这种沉重的气氛，赶紧转移话题，"所以你觉得从动机上来说，凶手和旧案有关系的可能性很高。"

刘辞往点头。

"我知道了，你提供的信息非常有用，我们马上回去开会研讨。对了，那本日记你能复印一本给我吗？它很可能是破解这两起案子所有谜团的重要线索。"

"好的，之后我把它送到警察局。"

堂仕文正准备宣布收队，回到局里进一步讨论案情，谁知刘辞往却从身后拉住了他。他回头，只见刘辞往眼神锋利，犹如出鞘的利刃，跃动的目光就像劈砍时刀身反射的寒光。

刘辞往缓缓开口，声音冰冷而暗藏怒火，仿佛酝酿着暴风雨的宁静乌云。

"有什么发现一定要及时通知我。只要能抓住杀我父母的凶手，无论付出什么代价——即使是交出我这条命，我也绝不后悔！"

说罢，刘辞往快步离开现场，一只脚刚跨出门槛，就被身后的堂仕文叫住了："等等，我等下带你去见个人，她应该可以给破案带来很大的帮助。"

"谁？"刘辞往扭头，不明就里地问。

堂仕文神秘一笑道："你听说过剧透屋的泄底女王吗？"

第二章　杨璨璨的日记（1）

1998 年 6 月 22 日星期一 晴

"我们毕业啦！"图书馆前的广场上，穿着黑色学士服的毕业生站成一排，奋力地将手中的学士帽往天上扔去。方形的帽顶在空中不断旋转，带动着上面的流苏也尽情地画着圈。夕阳已从穹顶降下，柔和的光芒穿过几顶学士帽的缝隙，它们在蔚蓝的天空的映衬下，仿佛一群候鸟正在空中自由翱翔，飞向未知的天际。

"咔嚓"，摄影师按下手中相机的快门，这一幕被永远定格在了一张小小的相片中。

我站在人群中央，抬头望着举得高高的手，似乎马上就能握住蓝天上飘浮的白云。阳光从指缝中倾泻而下，变成一道道细密的彩虹，照在我的脸上，让我有一瞬间的恍惚。

本科四年就这么过去了吗？真的好快啊，仔细想想，大一刚进校园时的懵懂无知和欣喜若狂都还历历在目，本来以为四年时间很长，自己能够好好享受一番大人们口中"无拘无束"的大学生活，谁知道只是一眨眼的工夫，我们就写完毕业论文、拍好毕业照，准备离开校园了。

学士帽在空中越转越快，逐渐偏离抛出去时的轨道，宛如回旋镖一般划过一道弧线。

毕业之后的一切都要靠自己了，再也无法像在学校那样和好朋友无所顾忌地开怀畅谈，也不能肆无忌惮地夜不归宿，在夜晚空无一人的校园里大哭大笑了。小时候一直以为长大了就能够脱离父母的束缚，就能做自己想做的事，就能享受永久的自由，可真到了这一步，却无比怀念学生时代的生活，真希望自己能一辈子都当一个无忧无虑的学生，那该有多好。

学士帽的影子投在脸上，越来越大，耳边能听到轻微的风声。

说实话，真的不想……

"小心！"摄影师的惊呼打断了我的感慨，我的精神从神游中回到现实，这才注意到原本飞翔在空中的学士帽，已然近在眼前。

"啊！"一阵剧烈的疼痛从眉骨传来，撞击和惊愕让我跌倒在地。

周围的同学们一阵骚乱，有惊慌失措的，有目瞪口呆的，他们齐齐围上来，将我包裹在人群中央，对我嘘寒问暖。我用手捂着额头的伤口，血液顺着我的头发一直流到了地上，被阳光晒得发烫的地面霎时间激起了一阵铁锈的腥味。不知是不是因为被吓傻了，我几乎感觉不到疼痛，只是盯着满手的鲜血发呆。

"让开！"两个人拨开人群，一左一右地在我身边蹲了下来，那是我为数不多的两个异性知心好友：韦随荣和刘隐。

"璨璨，你没事吧？"他们几乎是异口同声地问出这句话。

"放心，我不是很疼。"其实连我自己都无法确定自己是不是真的不疼。

这时，我的闺密申薰也来到我身边："璨璨，你别怕，我已经联系校医院了，医生马上就到！"

"算了，哪里还等得及学校的医生？我去把我的车开过来！"韦随荣扔下这句话，急急忙忙地冲出人群，边掏车钥匙边朝着学校停车场跑去。

可就在我安静等待时，整个人毫无征兆地腾空而起。

刘隐二话不说就一手扶住我的后背，另一只手托住我的膝盖弯，将我整个人抱了起来。我低呼一声，下意识地搂住了他的脖子。

"闪开！"刘隐护着我穿出人群，朝着校医院的方向跑去。他虽然冲得很急，却还是小心翼翼的，尽量不让我受到震动，以免造成二次伤害。额角的伤口仍然在流血，我为了不让血液流进眼睛，就闭上了眼，只是缩在刘隐的怀中，一动也不动。

听到刘隐上气不接下气的喘息，我轻声嘟囔："老老实实等人来接我就好了，干吗还抱着我跑？看你累的。"

"天晓得要等多久，还是直接把你送过去我才能安心。"一向不善言辞的他把这句话说得断断续续的。

后来的事情就很简单了。校医院的担架与我们在半路会合，我被抬到了休息室。医生用蘸了碘酒的棉球帮我擦拭伤口，语气有些哭笑不得："几乎每年这个时候都有被学士帽砸破头的学生，你说你们拍毕业照就安心地拍嘛，还搞些花里胡哨的东西，真不知道你们怎么想的。"

他把用过的棉球丢进医疗废物桶里，换了一个棉球，继续帮我擦拭伤口："这个伤口也就是看着吓人，眉弓那部分的血管比较丰富，被打破之后会流很多血，事实上受到的伤害远比表现出来的轻。你的小女朋友只是破了点皮，骨头没什么大事，这段时间注意保持伤口干燥，过两天就能好了。"

"我才不是他的女朋友。"从最初的惊吓中逐渐回过神来的我抗议道。

一旁的刘隐不做争辩，只是挠着头，微微傻笑。

"璨璨，你今天可把伙哈忽哦（我吓坏了）……"白雾缭绕的火锅店内，申薰吃下一块白嫩的脑花，嘴都烫得说不清话。

"是啊，还好最后没什么大事，我们都担心死你了。"韦随荣鼓起勇气尝了尝没人敢动的生拌牛肉丝。

"幸亏刘隐关键时刻挺身而出，徒手抱着我们的璨璨大美女跑了那么长一段距离呢！"申薰的语气有些揶揄。

闻言，刘隐被嘴里的凉茶呛了一下，手忙脚乱地去拿纸巾。

"其实，以这么刻骨铭心的事作为大学生活的结束，应该还挺有纪念意义的吧？"我轻声说。

一瞬间场面有些冷，周围食客的喧嚣像狂风一样不断往我们的餐桌方向涌来。

"不好意思啊，我又把天聊死了，我这么多年都没学会怎么好好说话，大家见谅哈。"我给自己的杯子斟满一杯啤酒。"我给大家赔个罪，干了！"不等他们出言阻止，我就一口喝光了啤酒，二氧化碳气泡在我的喉管处不断炸开，仿如火烧。

申薰也举起酒杯："不就是毕个业，搞得那么伤感干吗？大家的工作都签在本市，以后有的是机会聚！"

"那以后咱们常出来下馆子，我请客！"从来不差钱的富二代韦随荣豪气干云地说。

"哎，别等以后，你先把这顿饭请了！"申薰叫道。

"不是说好了 AA 的吗？"

"这不是给你表现的机会嘛，你韦大公子还差这点钱？"

大家你一言我一语，推杯换盏，吃得好不尽兴，似乎要把本科四年累积的所有话都在今天说完。我感觉自己喝得有点多了，头晕晕的，双颊也有些发烫，不过想到是最后一次大家这么尽兴的聚会，我也就不在意了，只求喝个尽兴，到后面都开始说胡话了，把心中隐藏了很久的秘密一股脑儿地说了出来。我甚至以为喝的根本不是什么啤酒，而是吐真剂。

我们直到饭店打烊了才离开。申薰搀扶着酩酊大醉的我，三个人在老板的道别声中朝外走。等走到店门口时，我们才发现不对劲儿。

停车场的车已经被清空了，宽阔的空地上，一排摆成心形的蜡烛散发着温馨而暧昧的光，烛火在夜风中轻轻摇摆着，心形中央的空间被玫瑰花瓣摆成的三个字母填满。

YCC。

就在我们不明所以之际，只见刚刚借口上洗手间的韦随荣开着他的小轿车从停车场入口缓缓驶来。他原本就仪表堂堂、风度翩翩，由于家境不错，穿着打扮都处在时代的前沿，再加上那辆颇为加分的轿车，周围男男女女都被他吸引得停住了脚步。

　　远光灯打开，雪白的灯光照得我有些睁不开眼睛，后座上的音响调到了最大音量，播放着耳熟能详的《结婚进行曲》。韦随荣跳下车，站在车灯前面，多多少少帮我挡住了些灯光。我抬头望着他，不明所以。

　　"璨璨，今天是我们大学生活的最后一天，我有些话想跟你说。"韦随荣清了清嗓子，"我们同班四年，我……"他轻轻别过头，因为背光，我看不清他的表情。"我也喜欢了你四年。"

　　围观人群发出一声低呼。

　　"老实说，我平时也算是一个挺骄傲的人，遇到心仪的女生也能够放手去追，可是不知道为什么，遇到你时我却害怕了。我只敢以朋友的身份接近你、守护你，小心翼翼地维持着我们的关系，因为我怕一旦表露出我的心思，我们就连朋友都不能做了。"说到这里，他的语气更加坚定，"不过今天我终于下定决心了，我要告诉所有人，我喜欢你！"

　　韦随荣单膝下跪，从口袋里掏出一枚戒指，在灯光的照射下，上面的钻石反射出夺目的彩虹。

　　"请你做我女朋友吧！"他语气真诚地说。

　　围观群众尖叫起来，有人不停地鼓掌，有人欢呼起哄。申薰在一旁捂着嘴笑："哪有人用钻戒表白的？不知道的还以为是在求婚呢！对吧？"她扭过头望着刘隐，却发现他脸色极其不自然，脸上写满了窘迫和惊愕。

　　"你怎么了？"申薰关心地问，是不是不舒服。

"我没事。"刘隐艰难地摇摇头。

被这么多人注视着，我感到很难堪，他这种行为和逼迫没什么两样。他应该知道我的性格，我是一个吃软不吃硬的人，非常讨厌过于明显的目的性。跟我成为同学这么久，居然还不了解我，就这样还敢说喜欢我？

我的脑袋晕晕乎乎的，各种念头犹如锅里烧煳的菜，混杂在一起难以区分，一股热血混着酒气涌上脑门，给这锅菜又浇了一勺热油。我推开搀扶着我的申薰，走近两步，居高临下地望着韦随荣问："你是认真的吗？"

"当然！"

我的脑子更混乱了，嘴巴不受控制地吐出几个字："不，你不是。"

似乎是没想到我会这样说，韦随荣一愣。

"你、你在说什么呀璨璨？"

我感到心中涌起了一团黑暗，裹挟着平时压抑在内心最深处的隐秘不满，冲上我的脑门，将微小的厌恶感无限放大。

"你在大学期间交了几个女朋友？"

韦随荣再次愣住了。

传闻中听到的只言片语在这一刻不停闪回，像流泻的瀑布一般，没有经过大脑就从嘴巴里往外涌。

"我听说之前你甩掉了隔壁班的董菁，她跪在你宿舍门口哭了大半宿，这件事情闹得沸沸扬扬，你真的以为我不知道吗？你还同时跟我们学校和其他学校的两名女生交往，把其中一名女生搞得怀孕，甚至逼人家去堕胎，你真的以为这种事情能靠钱摆平到无人知晓的地步吗？"

"璨璨，你在说什么呀！"申薰在旁边叫着，随即冲着韦随荣大喊，"她喝多了，你别介意……"

"我没喝多！"我不理会她，借着酒意大吼道，"就你这样的人渣，今天居然想打我的主意？如果只是做朋友我就勉强忍了，可你居然得寸进尺？我告诉你，我早就看你不爽了！"我自己都不知道自己在说些什么，等我回过神来的时候，我的手掌已经挥出，他手中的钻戒应声而落。钻戒在地上弹了弹，钻石折射着车灯光，划出一道银白色的弧度，宛如摔得粉碎的晶莹的眼泪。

那一瞬间，我清楚地看到面前这个男人的神情从殷切雯时间转为悲愤，就像沸腾的岩浆突然被冻成冰山。

时间仿佛停滞了，音箱像个不识时务的孩子，唱响着欢快的旋律。

韦随荣腾地一下站起来，把我吓了一跳。他面色铁青地盯着我，嘴唇颤抖喘着粗气："你、你……"

我他妈都说了些什么？！

我这时也有些清醒过来了，迷糊感消散了不少，望着自己因为醉酒造成的尴尬场面，一时间也不知道怎么办。

"随荣，我……"

不等我解释，他毫不犹豫地拨开人群，坐回驾驶座，泄愤似的把油门踩得轰响。他扭头望着我，一字一句咬字狠毒："你会后悔的！"

说完，他扬长而去，车轮无情地将蜡烛和花瓣碾得粉碎。

第三章　梦 回

　　市公安局里，刘辞往坐在会议室对面的茶水间里，听着隐约从会议室中传出来的激烈讨论，一瞬间觉得这个场景似曾相识。

　　是既视感吗？他摇摇头。不对，这种感觉比既视感还要真实，是什么呢？

　　想着想着，刘辞往觉得自己的意识有些模糊，之前和小偷之间的追逐与搏斗消耗了他太多体力。他把头枕在沙发靠背上，迷迷糊糊地睡了过去。

　　睡梦中，他感觉自己的灵魂脱离了身体，在空中飘荡着，接着往一个方向快速地飞去，走廊两侧的门正在加速往后面掠去，尽头的墙壁在一瞬间就到了面前，但是他并没有感到疼痛，而是直接穿过了它，飞在天空中。车流变慢了，白云静止了，他是这个世界上唯一在动的物体，所有的东西都被他甩在身后，他笔直地往前飞着，只是一会儿工夫，他就飞入了另一扇窗户，撞进了一个小孩的身体里。

　　刘辞往感觉到脚下的地板摇摇晃晃的，他抬起头，周围站着男女老少，自己被夹在中间，感觉有些闷热。

　　我这是在哪里？刘辞往揉了揉昏昏沉沉的头。

"七星公园站到了，请从后门下车，不下车的乘客请互相让一下。"喇叭里传出报站声，不知怎么，刘辞往的身体不受控制地挤开人群，走下了车，仿佛他本来就该这么做似的。熙熙攘攘的人群把他包裹在其中，他艰难地从人群的缝隙中钻出，朝着一个小胡同的方向走去。

我这是怎么了？刘辞往很想停住脚步，但是他感觉自己就像在看一部第一人称的电影，虽然一切都发生在自己面前，但是他却无法改变里面的任何一个镜头，只能作为一个旁观者，见证着剧情的走向。

路过一家小卖部时，刘辞往眼角的余光扫到了柜台玻璃的反光，自己穿着小学校服、背着书包的形象出现在上面，他一下子呆住了。

虽然说是呆住了，但是他的脚步还是在不停挪动着。刘辞往反应过来，这是他家的方向——或许说是他父母的家更合适，那个只存在于他记忆中的家。

他想起来了这一幕，这是十年前那起悲剧的前奏。

刘辞往一瞬间感觉到浓浓的恐惧和悲愤如同火山喷发的岩浆一样涌上他的心脏。他很想拔腿就跑，不过他只能作为一个看客，见证着即将到来的灭顶之灾。

穿过一条巷子，刘辞往来到了一个小区门前，焦臭味伴随着灰白的烟尘弥漫在空气中，里三层外三层的人群阻挡了他的去路，嘈杂的交谈声传进耳朵。

"这是怎么回事呀？"

"还能是怎么回事，着火了啊！"

"哎哟，咱们这儿还从来没发生过这样的事吧？"

"可不是嘛，这个小区建成好几十年了，这还是第一次起这么大的火！"

"是哪家这么倒霉？"

"好像是二栋的七楼吧，喏，你看——"

刘辞往也下意识地顺着那人手指的方向望去，只见不远处，一栋楼的顶层住户的家中正不断往外冒着滚滚黑烟，蓝色的窗户玻璃已经全部破碎，楼下住户的挡雨棚上落满了玻璃碴儿，应该是高温将窗户给烤碎了。一簇簇火苗不时从窗口跃出，在浓烟中探出头，撒泼似的在风中摇曳。

火海的热浪波及人群，所有人都在扇着风，可他们仍然汗流浃背。只有刘辞往感觉到了一阵刺痛骨髓的寒意从脚底升起，一直到他的头顶，让他在如此炎炎夏日也如坠冰窖。刘辞往努力地向四周张望，想要找到一样在看热闹的父母，可是他却没有，任凭他怎么努力寻找，都没办法找到自己最爱最熟悉的两个人。

"啊！！"他尖叫一声，用尽吃奶的劲儿往人群里面挤，前面的人被他弄得难受，纷纷让开一条道。

"这是谁家的小孩，这么不懂礼貌！"

"小朋友别过去，里面起火了，很危险的！"

"那是我家！！"刘辞往眼泪鼻涕直流。

围观群众都不说话了，只是换上一副同情和怜悯的表情望着这个发了疯一般的小孩。刘辞往穿过人群，来到了警戒线前，不等一旁站岗的消防员阻拦，他就灵活地绕过了警戒线，冲向了燃烧的大楼。

"小朋友别过去！"消防员在身后大喊，可刘辞往根本就听不到任何声音，他只能听见火焰燃烧发出的噼里啪啦声，和当年他们一家三口出去吃烤全羊时听到的声音没什么两样。

"拦住他！"前方听到动静的消防员回过身，这时刘辞往已经绕到了消防车的后面，刚好消失在他们的视野里，随即他从车子另一侧跑出来，冲向楼梯口。

高压水枪激射，散落的水花像落雨一样洒下，火焰的高温将水珠都加热了，落在皮肤上感觉暖暖的。刘辞往飞速地冲上了三楼，校运会时他都没有跑过这么快，要是按照现在这个速度去参赛，肯定能破学校的纪录。

转过一个拐角，他和一位从上面下来的消防员撞了个满怀，差点滚下楼梯。消防员愣了一下："小朋友，你怎么上来的？快下去，这里很危险！"

"我的爸爸妈妈还在上面！"刘辞往哀求道。

"怎么可能，所有群众我们都疏散出去了……"说到这里，消防员一愣，"你是七楼那户人家的孩子？"

刘辞往点点头，挂在上唇的眼泪流进了嘴巴里。

"我们……正在努力灭火。"这个消防员看起来比较年轻，不太会处理这种事，他结结巴巴地说，"你先下去好不好？相信我们，一定会把你父母救出来的！"

小孩子的直觉总是异常灵敏，看到消防员这个反应，刘辞往本能地觉得出事了。他二话不说，再次向楼上冲去，这次却没那么顺利，被消防员拦腰抱了起来。

"放我下来！我要去救爸爸妈妈！！"刘辞往不停蹬着脚，消防员的衣服被踢出了几个脚印。他不为所动，扛着刘辞往向楼下跑去。

"放开我！我要去救他们！"刘辞往哭得声嘶力竭，双手胡乱抓着，"我不想他们死！老师给我们讲邱少云烈士的事迹时跟我们说过，被烧死是很痛苦的……"说到后面，他已经哽咽得说不出话，只能干张着嘴，大口地喘着气。

消防员将他放到一楼，嘱咐几个战友看好他，就去跟队长报告楼上的火情了。刘辞往被拉到了远离火场的安全区域，他蹲在地上，双手抱着膝盖，头深深地埋进了其中。眼泪在脚下的地面上汇聚成小小的水洼，一瞬间他似乎在水洼的倒影中看到了他们一家三口的种种过往：小学时的一个黄金周，他们一家人去外地旅游，他骑在爸爸的脖子上，在景区公园的草地上奔跑，妈妈在后面追着他们，边笑边叮嘱两人别一起摔着了。当时阳光明媚，喜鹊在枝头间来回蹦跳，为树底下三口之家的欢声笑语唱着、伴奏着。

可是这一切，都被付之一炬了。

刘辞往抬起头，熊熊烈火映红了他的脸庞。他低声说："如果你们死了，我也不活了……"

一楼走廊尽头的最后一间房是医院的敛尸房。门口的路灯似乎有些问题，一直发出"滋滋"的电流声，微弱的灯光也以极高的频率闪着，幽绿色的"安全出口"指示牌歪歪斜斜地靠在墙上，上面的小人只有身子还发着光，脑袋由于电线接触问题已经不亮了，在昏暗的环境中仿佛一具奔跑的无头尸体。

刘辞往安静地坐在椅子上，面无表情地盯着空气中的某一点，就像一具木偶。过低的室温即使在大夏天也让人感觉到很冷，他的手上已经起了一层细细密密的鸡皮疙瘩。房间里放满了一排排巨大的铁柜，柜子上面整齐排列着如同抽屉一样的门板，一种若有若无的气味自那些门板之间的缝隙飘出，不时钻进他的鼻腔，那是无法用语言描述的臭味，和上次他们家厨房那桶三天没倒的垃圾有得一拼。可这种臭味之中，还夹杂着肉烧煳的焦味。

刘辞往的眼睛瞟向房间中央那两张床上的尸袋，即使密封得那么严严实实，焦臭还是不断从里面渗出。

有点像两个从里面开始腐败的蚕蛹。他突然冒出这个荒唐念头。

白发苍苍的爷爷奶奶伏在床边哀号，嘴里没有像电视剧里那些演员那样，吐出什么"你怎么忍心让我白发人送黑发人"之类的台词，只是时不时蹦出两个毫无意义的词，声音上气不接下气的，很让人担心他们下一秒就会背过气去。几名护士模样的人吃力地支住两位老人的全部体重，生怕他们滑倒在地，连嘴里说出的安慰的话语都是气喘吁吁的。两张白色的死亡证明放在尸袋上，一如他们苍白的发和惨白的脸。

"真吵啊。"刘辞往小声地嘟囔一声，语气冷漠，连他自己都很奇怪为什么会做出如此反应。

一老一少两名警察走进了敛尸房，他们先望了刘辞往一眼，接着走向哭天抢地的两位老人，将他们从床边扶了起来。

"老人家，发生这种事我们也很抱歉，请您节哀。"为首的年长警官拍了拍爷爷的肩膀。

爷爷不做回应，只是兀自在那儿哭个不停。

"关于火灾现场的情况，我要跟您说明一下。"警官轻咳一声，"今天下午五点，市消防队收到火警报警，称我市七星区的七星花园小区发生火灾。消防人员在五分钟内赶到现场，发现火势已经开始蔓延，危及对面和楼下住户的安全，于是紧急组织疏散，并对火灾进行扑救。一部分消防员用消防斧破开大门，对里面的人进行救援，不过在他们闯进去时，两位住户均已失去生命体征，尸体在那时被搬出运往医院。二十分钟后，火势得到控制，消防人员和随后赶来的警方对房间进行了彻底的勘查，并未发现线路短路、煤气泄漏等可能引起意外火灾的问题。由于尸体被焚烧严重，院方无法判定其身份，因此请二位前来认尸。"

话音刚落，一旁的两名医生拉开了尸袋，刺耳的拉链摩擦声让人有些恶心，两坨黑里透白的东西出现在面前。两具尸体被烧得面目全非，皮肤表面附着的一层黑乎乎的东西，不知道是烤焦的皮肉组织还是被滚滚浓烟熏黑的，他们浑身上下几乎没有一块好肉，要么因为极度缺水而皱缩，要么因为失水过多而碳化，犹如两块劣质的腊肉。

看到这悲惨的一幕，奶奶终于支撑不住，哀号一声晕倒在地，早已做好准备的年轻警察立马将她搀扶起来，唤来几个医生给她做急救。爷爷被她吓到了，连忙跪在她身边，不断呼唤着她的名字，不一会儿，奶奶悠悠地醒转了过来。

"老头子，他们是不是刘隐和璨璨啊？"奶奶声音虚弱。

爷爷的脸色一阵青一阵白的，他又站起来看了尸体两眼，腹部的不停蠕动显示出他在拼命抑制住自己想吐的冲动。

"您……能认出这两位的身份吗？"警官问，语气里显然没抱什么希望。

爷爷痛苦地别过头去，紧紧闭着眼睛，摇了摇头。

"他们不是我的爸爸妈妈。"一直沉默的刘辞往突然开口了，所有人都望着他，他轻轻地说，"我的爸爸妈妈是不会死的。"

"辞往……"听到他的话，爷爷又忍不住了，一时间老泪纵横。

看到上司给自己使了个眼色，年轻的警察走到刘辞往面前，俯身说："小朋友，哥哥带你去玩好吗？"

"我不去。"刘辞往执拗地摇摇头。

"大人们都在办正事，我们出去一下，很快就会回来的。"他用温柔的语气诱导着。

"不行。"刘辞往还是摇头道，"我要陪着爸爸妈妈，再不陪以后就没机会了。"

清脆的童音在敛尸房内回荡，有两个护士不忍看到这场景，转身走了出去，边走还边抹眼泪。两名警察对视一眼，暗自叹息一声。

"那好吧，那这些事情咱们就在这里说好了。"警官轻咳一声，"首先，由于死者的身份无法识别，因此按照规定，我们需要采集尸体上的一些组织进行ＤＮＡ比对，以确认死者的身份，时间大概需要三到五天，结果出来之后我会通知您二位的。"

爷爷奶奶只是点点头，没有作答。

"这第二个事嘛，也是最重要的事。"警官有些犹豫，似乎在考虑怎么措辞，"我们在进入现场后，发现两名死者倒在客厅中央，尸体周围摆放着一些书籍、棉质沙发等易燃物，不过这些易燃物都没有被弄乱的痕迹。按道理来说，一个被烧死的人在临终前是非常痛苦的，身体会下意识地不停抽搐，这种行为在生理上几乎无法控制，但现场的状况与此相悖。

"后来经过进一步勘查，我们发现尸体周围正是起火点，也就是说，火势最初就是从尸体周围向外呈放射状蔓延开的。现场的门窗没有发现从外面上锁或者是封阻的痕迹，按理说两名死者可以很轻易地逃离现场，即使火势大到他们已经无法离开，他们应该也会躲到洗手间等水源充足的地方，或者在窗口呼救，但他们并没有这样做。结合上述两点，我们有理由怀疑，两名死者在火灾发生之前就已经失去了行动能力。"

爷爷奶奶满脸疑惑地眨眨眼，好像在花时间理解警官的话。

"换言之，死者可能在火灾发生前就被弄晕，甚至是被……"他艰难地说出那两个字，"杀害。"

有那么一瞬间，房间里的所有呼吸声都消失了，就像是一场风暴席卷了一切。爷爷奶奶盯着警官，脸上的表情从不解慢慢收缩成惊惧，就像是慢动作一样。一直面无表情的刘辞往也猛地抬起头，瞪大了眼睛，怔怔地望着尸袋的方向。

"你们的意思是……"

"我们怀疑是有人杀害两位受害人后故意纵火，目的就是要毁掉现场遗留的证据。"

"有人杀了刘隐和璨璨？"爷爷颤颤巍巍地抓住警官的手，双眼直勾勾地盯着他，"是谁！是谁做出了这种事！"

"我们暂时还不知道，不过我们在现场找到了这个。"警官掏出了一个证物袋，里面装着块巴掌大小的泛黄物件，"它被放在门边，因为位置处于墙壁的角落，所以没被烧毁。"

爷爷接过那样东西，眯起眼睛，对着灯光仔细端详，那个东西呈长方形，棉质的，摸起来很柔软，两条短边的两端各吊着一根绳子。

"这是口罩？"刘辞往楠楠说。

警官点了点头："老爷子，您把它翻一面。"

爷爷按他说的去做了，当他翻到背面时，不禁浑身一颤，口罩也从他僵硬的双手间掉落。

口罩轻飘飘地、慢慢地落在地上，原本洁白的棉纱表面因为烟熏火燎而呈深黄色，不过这也无法掩盖上面那一道道深红色的墨迹。月牙形的开口，里面伸出两个尖三角状的东西，像是一个人在咧嘴微笑。

那是一张长出獠牙的血盆大口。

那是红衣天使的标志。

"这样的口罩，我们在现场找到了超过五十个！它们被人故意撒在房间的各个角落！"警官神情凝重，"这还只是没有被烧毁的数量！"

两位老人伸出手，指着红色獠牙的口罩，嘴巴一张一合却说不出一句话。刘辞往呆呆地望着这一切，他在新闻里看过红衣天使案子的特别报道，所以也知道这口罩出现的含义。

"你的意思是说，他们都是被红衣天使杀死的？"奶奶声音抖如筛糠，"这不可能！那个薛勇不是已经被枪毙了吗？！"

"真正的红衣天使确实已经落网，但是他的模仿犯还在不断活动。至今为止的模仿犯基本都被抓获了，您儿子儿媳的这个案子，不知道是在逃的模仿犯，还是新的凶手。"

"那你们快去抓他啊！"奶奶想要伸手去抓警官的领子，被爷爷拉住了。"你们快把他抓住，把他枪毙，还刘隐和璨璨一个公道啊！"

"您放心，我们一定会拼尽全力查办这起案子的！"警官郑重其事地说，"所以您这边一定要配合我们的工作，我们才能尽早抓住真凶！"

奶奶连连点头："好好好，你们要我们提供什么线索尽管说，我们一定全都告诉你！"

爷爷也附和道："是啊，你们想知道什么？他们平时和什么人有过节？这些我们虽然知道得不多，不过会全部告诉你的！"

"感谢您对我们工作的支持！"警官敬了个礼，"不过人际关系的调查是后续的事，当务之急是调查一些其他东西。"

"什么东西？"两人同时问。

"我们需要……对两位死者进行尸检。"

刚才还十分积极的两位老人登时愣住了，他们讪讪地收回自己殷切的目光，低着头，不发一言，敛尸房里的气氛变得有些古怪。

"警官啊，能不能和你商量一下，咱们不做这个尸检啊？"奶奶迟疑地说，"你看他们两个死得这么惨，浑身上下连一块好肉都没有，要是再把他们开膛破肚……"

警官摇摇头，态度坚决，"我很能体谅您的心情，但是很抱歉，本案很有可能是一起蓄意谋杀加纵火焚尸案，而且凶手模仿红衣天使的行为，手段残忍，社会影响恶劣，所以根据《刑事诉讼法》的规定，我们公安机关有权力进行解剖。"

"这、这……"奶奶有些急了，想要出言反驳，但是想到刚才自己极力让警方找出真凶，前后态度反差这么大，又有些不好意思，最终只能转而求助爷爷，"老头子，你说句话啊！"

爷爷也很为难："警察同志，不是我们不帮忙，只是要把他俩给开膛破肚，让他们死无全尸……"

"难道您就不想抓住杀害他们的凶手了吗？"年轻警察有些看不过去，说话的语气不自觉地严厉了些。

"我们当然想呀！"

"那您就应该配合我们警方的工作！"

"可他毕竟是我的孩子！"奶奶的眼泪又开始往外涌，"你年纪轻轻，还没有做父母吧。虽然他已经去了，可是眼睁睁地看着他连死都不得安宁，我们做不到啊！"

"如果不解剖，我们就没办法知道他们的死因和死亡时间，这样会很难抓住凶手的！"

"有没有不解剖就能找出凶手的法子？"爷爷问，"你们可以调查谁有作案动机，可以查小区周围的监控录像，总能找到可疑分子的。只要到时候把他抓起来一审，得到他的口供，这样不就不用解剖了吗？"

"没有您想象得那么简单的！"年轻刑警额头上都冒出了一些汗珠，"先不说没有尸检结果我们无法和嫌疑人对质，就算他主动交代，检察院在向法院提起公诉时，倘若缺少实践报告，形不成完整的证据链，嫌疑人很有可能被无罪释放！您难道想眼睁睁地看着杀害您儿子和儿媳的凶手逍遥法外吗？"

爷爷哑口无言。奶奶看不过去了，一把推开两位警察，冲上去扑在尸体上面。"我不管！这是我儿子留在人世间的最后证明，这是他活过的证据，我绝对不允许你们就这样将他破坏掉！"

"您、您这是在妨碍公务！"

"那你把我们抓起来啊！你们警察不去抓凶手，偏偏来抓我们这些平头老百姓！"奶奶撒起泼来。

"我们的所有行为都是有法律做依据的！"

"那又怎么样？我说不行就不行！今天谁要动我儿子的尸体，除非先从我这把老骨头上面踏过去！"

"你们闹够了没有？！"突如其来的大吼压过了所有人的说话声，他们愣了片刻，同时往声源方向望去，刘辞往不知什么时候已经从座位上跳起，他气喘吁吁，怒视着众人说："我支持解剖！只要能把杀害我父母的凶手抓住，我什么都愿意！"

"辞往！"奶奶厉声呵斥，"这是大人的事情，小孩子不要插嘴！"

"奶奶！你真的不想抓住凶手吗？"

"谁说我不想的？我比谁都想！"奶奶双眼通红，"但是我也不允许我儿子的尸体受辱！"

年轻警察插嘴道："那是正常解剖，之后会缝上的。"

"你闭嘴！"刘辞往和奶奶同时冲他喊道，把他吼得有些傻了。

"奶奶，你这样是违法的！"

"哼！我还不信他们能把我抓起来！"

"假如不解剖的话，根本不可能抓住凶手！你怎么就不明白呢？"

"好啊，你也学会帮着外人教训起我来了？"奶奶怒极反笑，攥住尸袋的手更紧了，"刘隐啊，你看看你生的好儿子啊，根本就不关心你，还要帮着别人把你给开膛破肚！我都怀疑他究竟是不是你亲生的！"

"老婆子你在胡说什么？！"爷爷急了，大声反驳。

刘辞往呆住了。他怔怔地看着奶奶，似乎对刚刚发生的一切感到难以置信。原本干涸的泪再次像泄洪的山溪般喷薄而出，他低声呜咽，随即号啕大哭。奶奶刚才一怒之下口不择言，现在也有些后悔，只得低声劝慰："辞往，刚才是奶奶不好……"

"你这样……和凶手有什么区别？！"刘辞往泣不成声，声音也模糊起来，不过在场所有人还是把这句话听得一清二楚。

"你说……什么？"

"我说你和凶手都是一丘之貉！"正处在叛逆期的孩子说话不经大脑，他似乎要把所有的悲愤全都发泄到自己最亲的人身上。"正是因为你的阻挠，警方才无法抓住真凶，无法为爸爸妈妈申冤！是你帮助凶手完成了犯罪，说不定人家到时候还会专程寄感谢信给你，为你歌功颂德！"

"小朋友，不可以乱说话！"年长的警官厉声制止，"你太过分了，再怎么说她也是你奶奶！"

"我爸妈死了，他们就不是我爸妈了吗？"此刻的刘辞往像一条疯狗，见谁都咬。

敛尸房里乱作一团，争吵声、哭声不绝于耳，宛若一场失败的交响乐表演。刘辞往不知何时跳到了一把椅子上，指着爷爷奶奶："好啊，你们不愿意解剖是吧？那我就自己去抓凶手！我会亲手把他送上法庭！"说罢，不等其他人有所反应，他就冲出了敛尸房。

"快追上他，别让他出事！"年轻刑警听到命令，马上冲了出去。奶奶受了太大刺激，差一点又晕过去，所幸被爷爷扶住了。站在旁边默不作声许久的医生护士乱作一团，赶紧上来查看奶奶的情况。

刘辞往一边抹着眼泪，一边穿过来来往往的行人，在走廊里狂奔。

我要找到凶手！他在心里默默念着。我一定要找出凶手，还爸爸妈妈一个公道！

忽然，他被人从后面提了起来，年轻刑警已经追上了他，"小朋友跑得挺快的嘛，万一撞到人怎么办？"

"你放开我！我要去抓凶手，我要为爸爸妈妈报仇！"

"那你说你要怎么抓凶手？"

刘辞往愣住了，他还真没考虑过这个问题。

"先跟我回去吧，如果你这样就能抓住凶手，还要我们警察来干吗？"

刘辞往极不情愿地被带回了敛尸房，奶奶瘫坐在地上，呼吸还有些困难，看到他进来，眼神非常复杂。良久，她叹了口气说："好吧，我同意警方进行解剖。"这句话仿佛抽空了她身体里的所有力气，她喘着粗气，再也说不出一句话。

警官精神一振："感谢您的配合！小堂，联系法医室，让他们立即准备尸检！"

三天后，ＤＮＡ比对结果和尸检结果一起出来了，基本能确定火灾现场的两具尸体是刘隐和杨璨璨本人。两人的肺部和咽喉十分干净，几乎没有一点烟尘，这说明他们在火灾发生之前就已经断气了。两人的心脏均被利刃贯穿，区别在于刘隐尸体上的刀伤较多，集中分布在尸体的胸口，致命伤在心室上；而杨璨璨尸体上的三道刀伤出现在心房，她在中刀后应该还保存了三分钟左右的意识。根据两人身上的刀伤判断，凶手为右利手，凶器是一柄手术刀，型号未知，在现场并未找到，判断是凶手带走了。由于现场被火灾和进行灭火的消防队员两次破坏，已经提取不到有价值的指纹、鞋印和毛发。

警方随后双管齐下，一方面走访周边群众，寻找案发时间的目击证人，调取附近监控录像；另一方面积极对夫妇两人的社会关系进行排查，寻找跟两人有深仇大恨的人。本来以为通过这样的手段可以轻而易举地缩小调查圈，但是随着调查的深入，警方发现他们错了。

对于监控的调查刚开始没多久就陷入了瓶颈。由于尸体被烧得很严重，法医对死亡时间的判断很模糊，因此警方通过起火的状况推断出两名死者大概是在下午四点一刻至四点四十五分之间被杀害。考虑到凶手作案和打扫现场的时间，他们调取了小区附近三点半至五点之间的所有录像。小区只有一个出口，被一个监控无死角地监视着；二栋的楼梯口也有一个监控，所有人都要通过这里上下楼。可是令警方感到奇怪的是，没有任何一个可疑人物在案发前进入二栋并且在案发后离开。

凶手杀害两名死者再纵火，理论上需要至少十五分钟时间，所以在案发时间段内进入和离开时间相差十五分钟以上的人都是嫌疑人，但监控录像中没有人符合条件，最可疑的是一个穿着黑衣的胖子，他在四点三十五分进入二栋，三分钟后扛着一个一人高的大纸箱离开，目前警方已经在想方设法找寻他，可三分钟无论如何是不可能完成一系列杀人焚尸的行动的。

那么凶手有没有可能在放火之后故意留在楼内，等居民开始逃离之后混在其中呢？警方也考虑到了这一点，于是对火灾时间段逃离现场的人进行一一辨认，证明所有人都是居民楼里的住户，不存在外来可疑分子。

自然而然地，警方想到了第三种可能：凶手就是楼内住户。这就牵扯到动机的问题了。按道理来说，邻里之间很难发生足以杀全家而后快的矛盾，所以警方只能将二栋的十六家住户和刘隐、杨璨璨两人的交际圈共同列入动机排查范围之列。

相关人员的走访过程相当漫长，但是逝者如斯，活着的人的生活还是要继续。由于杨璨璨父母双亡，她和刘隐的遗产被刘辞往继承了，包括分别位于市区和市郊的两套房子，以及超过百万元的存款。在当时，一百万元虽然不算巨款，却也不是普通人家能随随便便拿出来的小数目，刘辞往一夜之间成了土豪。

然而，从那以后，刘辞往发现自己已经忘了怎么露出笑容了。无论怎么努力，当他看到镜子里的笑脸时，总觉得非常僵硬和虚伪，就像是一个拙劣的小丑，所有的财产只买来了他的一张扑克脸，假如可以的话，他宁愿拿这些钱换取爸爸妈妈回来，或者换取那个杀人凶手的一条命。

"刘辞往，你怎么了？"课堂上，老师关切的询问让刘辞往回过神来。他神色茫然地抬起头，迎上老师怜悯的目光，轻轻摇头道："不好意思老师，我昨晚没休息好。"

"那你一定要早点儿睡，正是长身体的时候，要是不好好休息，身体会不舒服的。"她甜腻腻的嗓音说出这番老生常谈的大道理，总让人觉得不舒服。刘辞往点点头，敷衍了过去。

这种惺惺作态很有意思吗？他低下头，不屑地撇撇嘴。明明只会在背后叹息一声"可怜的孩子"，然后聊着我死去父母的八卦，却还要当着这么多人的面关心我，换作另一个同学上课这样，你早就让他出去站着了。费尽心思装成一个体贴人的老师形象，把我和其他同学区别开，真是拙劣的演技！

就这样浑浑噩噩地过了一节课，撑到下课铃响，刘辞往走出了闷热的教室，在操场上散步，呼吸新鲜空气。

"刘辞往！"他听到有人喊自己的名字，回过头，却看见一团小小的火苗近在咫尺，微风吹动，火苗宛若穿着一身橘色长裙的舞者，扭动着自己的身躯。

那一瞬间，火焰燃烧发出的噼里啪啦声、滚滚上升的浓烟、围观群众议论的言语、眼泪鼻涕流进嘴里的腥咸都在倏忽间充斥了他的大脑。他只觉得自己的脑袋开始发烫，无法思考，和上次发烧到四十多度的感觉一模一样。

"啊！"他连惊叫的力气都没有，只是虚弱地低呼一声，匆忙后退了几步，一个趔趄摔在地上，惊魂不定地望着火苗。

拿着打火机的那名同班同学不禁哈哈大笑："我说了吧，他脑子有病，一见到火就怕个不停！"说完邀功似的望着身边的几名同伴。

周围的人也跟着起哄，那人仿佛得到了莫大的鼓励，再次点燃打火机，猫着腰朝刘辞往逼近。刘辞往站不起来，只能四肢并用地后退，冷汗把衣衫的颜色染得深了一个度。

"你们在干什么？"一声厉喝从远处传来，几个恶作剧的同学回头望去，只见一个虎背熊腰的男子向他们大步走了过来，正是上次刘辞往在敛尸房遇到的那位年轻警察。同学们有些慌了，收起打火机，四散逃开。

警察伸出手，将刘辞往从地上一把拉起，帮他掸去身上的尘土："没事吧？"

刘辞往说不出话，脸色苍白地摇摇头。

"他们真是太过分了，我等下一定要跟你们班主任好好说说，让他严加管教那些不知轻重的人！"

"你来找我有什么事吗？"刘辞往没接他的话。

"正式介绍一下，我叫堂仕文，是刑侦大队的一名警察。"他笑了笑，"警方这边了解了你的情况，给你请了一个心理医生，我就是来接你过去见他的。"

刘辞往点点头，随即又问："案件的进展如何？"看见堂仕文有些为难，他补充道："放心，我不会说出去的，只是单纯地关心调查到哪一步了。"

堂仕文思忖片刻："好吧，那你可千万不能告诉任何人！"说罢，他把调查到的情况简单叙述了一遍。

"二栋的住户应该没有动机，假如真的有，我爸妈一定会跟我说的。"

"是的，我们的调查结果也是这样。"

刘辞往突然问："有没有可能凶手是从二栋的另一面爬到我家的？"

堂仕文愣了愣："你说得有道理，我们也想到了，只不过那边的对面是另一个小区的居民楼，先不说凶手有没有徒手爬上七楼的胆量和能力，光是在大白天爬楼这件事，被人目击的可能性就非常高，凶手绝不可能想不到这点。"

"倘若他不是从一楼爬到七楼，而是从天台下到七楼的呢？虽然二栋的天台一直锁着，不过我们家在顶楼，只是一层楼的距离的话，你刚刚说的问题就都能解决了。至于如何避开监控上到顶楼，两栋居民楼之间的距离不过十来米，真想从那边过来的话，虽然不容易，但也不是绝不可能完成的事。"

堂仕文再次愣住了，因为这个只有十来岁的孩子的思路和警方居然如出一辙。

"你说的我们也调查过了，很遗憾，你们家的外墙并没有任何攀爬过的痕迹，无论是登山铆钉还是绳索留下的。"

刘辞往轻轻叹了口气，随即眼睛一亮："那个大箱子。"

"什么？"

"凶手有没有可能藏身于那个大箱子之内，让自己的同伙把他搬出去？"

堂仕文盯着他半晌，苦笑道："你还真厉害，所有的事情都被你考虑到了。可惜，这点我们也想到了，你说的方式确实能让凶手在监控之下悄无声息地离开，可是他又是怎么避开监控进入小区的呢？那时候可没有这样的纸箱。"

"那个胖子你们找到了吗？"

"在找，不过估计很难找到了。"

这次刘辞往就像泄了气的皮球，蔫在那里，再也没有提出任何想法。

"警方现在的想法是，凶手原本只计划杀一人，可在犯案过程中另一个人计划之外地出现在现场，所以凶手无奈之下只得杀人灭口，因此我们正在扩大调查范围，寻找可能对你父母中任意一人产生杀意的嫌疑人。"堂仕文拍拍他的肩膀，"我们对凶手进行了犯罪心理学画像。鉴于尸体上的刀伤几乎都分布在要害部位，加上现场存在焚尸行为，我们猜测凶手存在一定暴力倾向或者凌虐心理，进而推断出他在年少时期可能受到过家庭虐待或者校园暴力，抑或曾经受到过足以颠覆其性格和三观的沉重打击；而在大部分模仿犯相继落网的情况下，凶手仍然选择模仿红衣天使的手法作案，还一次性放了那么多口罩在现场，说明他对自己很有信心，是一个表现欲强、自信甚至是自负的人。我们已经将这些特征列入嫌疑人排查条件中，相信我们，不久后一定能抓到凶手，为你父母报仇！"

年少的刘辞往虽然不太听得懂什么是犯罪心理学画像，也不太明白这一段推理的内在逻辑联系，但这门学科的神奇给他带来的冲击力已经深深印入他的脑海。

两人沉默了一会儿，堂仕文突然开口："你有没有想过长大后当一个警察？"

刘辞往抬起头，不明所以地望着对方。

"你在这方面有天赋。"堂仕文认真地说，"你刚刚所说的几乎和警方的破案思路分毫不差，你似乎天生就对犯罪具有某种感知能力，这种精准的直觉有时往往能成为破案的关键。有些警察干了几十年都无法养成这种直觉，可你一个小学生居然有，真是让人羡慕！"

刘辞往低头沉思了一阵，说："谢谢你的提议，我会考虑的。"

此后，刘辞往果然就如同堂仕文所说的那样，每天都努力学习，希望考上国内最好的警校。不仅如此，他还雷打不动地锻炼身体，增强体魄，他知道要想成为一名优秀的刑警，良好的身体素质是不可或缺的。

就这样不知过了多久，那些原本以欺负他取乐的人再也无法欺负他了，而且同情他可怜身世的老师们也对他刮目相看。或许是飞速的成长给他带来了自信，抑或是警方的心理治疗让他重新振作，他渐渐能够露出一些笑容了。他重新融入班级，成为一名普通的学生，和大家玩笑打闹，好像一切都没有发生过。

可惜人生总不会那么一帆风顺。在几年后的高考中，他发挥失常，无法进入自己向往的警校，于是他毫不犹豫地改报了另一个对他人生产生深远影响的专业——应用心理学。

这么多年过去了，警方的调查依旧没太大进展，无数红衣天使的模仿犯被缉拿归案，唯独那个凶手就像从世界上消失了一般，自始至终都没有露出半点马脚。随着能够被发掘的证据越来越少，案件被侦破的可能性也越来越小。

时间能够抹去现场的物证、人们的记忆，却无法抹去凶手存在过的痕迹，这种痕迹就是洛卡尔物质交换定律中提到的"心理痕迹"。刘辞往坚信，自己终有一天能够通过犯罪心理画像，将这名凶手画下来，为父母报仇雪恨。

"辞往，辞往，你醒醒……"远处飘来一个男人的声音，刘辞往觉得自己似乎被从一口深井中拉了出来，意识逐渐清醒。他抬起头，眨了眨眼睛，看见堂仕文站在自己面前。

"久等了吧，我们刚刚才开完会。"他歉意一笑，"走吧，带你去吃晚餐，我请客。"

刘辞往跟着他走出公安局的大门，上了车，系好安全带。堂仕文一边发动车子一边问："刚刚我看你睡着了还在嘀咕什么，是不是做梦了？"

刘辞往轻轻点头，声音悠远："是啊，一个很长很长的梦。"

第四章 杨璨璨的日记（2）

1998年6月23日星期二 阴

一股挤压感从腹部传来，带着一股冲劲直冲我的咽喉。我从床上弹起来，一只手捂住嘴，另一只手扶着扶手从上铺艰难地爬下，冲到洗手间扶着墙一阵狂吐。没有消化完的酒液混合着胃酸，将原本就干涩疼痛的喉咙再一次烧灼，我只觉吐得天昏地暗，最后连站立的力气都没有，只得蹲在马桶边不断干呕着。

听到动静的申薰赶到洗手间门口，脚步声在我身后停住。

"璨璨，你没事吧？"听得出来她捂住了鼻子。

"我没……"话音未落我又干呕起来，只能冲她摆摆手。

好几分钟后，我终于缓过来，虚弱地站起身，清理被我吐得一塌糊涂的洗手间。呕吐物的恶臭在闷热的室内发酵，好几次我差点儿被熏得再一次吐出来。

宿舍里没有开灯，窗外茂密的树丛将阳光滤掉大半，仅剩一丝丝微弱的光能够穿透窗纸，整个房间仿佛一间潮湿阴暗的地下室，毫无生气。申薰从医务室给我拿来了养胃和解酒的药，帮我往杯子里倒好温水，随后打开门窗透气，宿舍这才亮堂起来。

我软绵绵地坐在椅子上，捧着手中温暖的杯子，盯着面前的空气发呆。

申薰担忧地望着我，伸出手轻抚我的背："明明不能喝，昨天还喝那么多。"

"最后一次嘛，图个高兴。"

她试探性地问："那……你还记得昨晚发生的事吗？"

"当然记得，虽然细节有些想不起来了，但是大体的发展我还是有个印象的。"昨天的一幕幕渐渐浮上脑海，我感到头有些疼。

"你现在打算怎么办？"

我沉默了。是啊，我能怎么办呢？原本一场开心的聚会就因为我们大家都喝多了，结果搞得不欢而散。

"干脆假装喝断片了，不记得了？"话一出口我就自嘲地摇摇头，虽然那番话基本都属实，不过对韦随荣的伤害可不是随随便便就能抹除的。说到底，他也并没有那么渣，我们在生活中听到的都是一面之词，说不定是他的前女友们想从他那里捞点好处，结果被识破之后恼羞成怒、反咬一口的把戏。很多时候我们都只能看到事情的一面，便做出自以为是的结论，殊不知还有截然不同的另一面在等着我们。

"要不把他叫出来道个歉吧。"申薰刚说完，宿舍里的电话就响了，她起身去接，说了两句后就唤我过去。

"璨璨，我是刘隐。"他的声音从那边传过来，"你好点了吗？"

"刚刚吐了一次，舒服多了。你找我什么事？"

"出来一起吃个午饭吧，有点事情跟你商量一下。"他补充道，"就我们俩。"

犹豫了片刻，我轻声说："好。"

食堂里的电风扇高频地转动着，发出嘎吱嘎吱的声音，吹得各种饭菜的味道混合在一起。刘隐的声音在嘈杂的环境中听得不是很真切："璨璨，你昨晚太过分了。"

我捧着饭碗，不作声地扒着饭。

"我和随荣相处的时间比较多，我很清楚他是真的爱你。他平时在男女关系上确实有些随意，不过他可从未这么认真地当众表白过。"

我放下筷子，抬头望着他说："我知道。"

"那你为什么……"

"因为我不喜欢他。"

"他的条件那么好，你又不是不知道。你不是一直想进医院工作吗？他的爸爸是院长，妈妈是药监局的，家里有权有势，跟了他对你的未来会很有好处的。"

听到这种话，我有些生气："刘隐，他给了你多少钱？"

刘隐愣了愣。

"你什么时候兼职做媒人了？这么帮着他说话？"

"不是，我……"

"你读过三毛的《撒哈拉的故事》吗？"望着刘隐一脸茫然的表情，我解释道，"三毛将自己与荷西旅居撒哈拉沙漠时的见闻写成了这本书，其中有一段是这样的：

"荷西问三毛：'你要嫁给什么样的人？'

61

"三毛回答：'如果不喜欢，百万富翁也不嫁；如果喜欢，千万富翁也嫁。'"

"说来说去她还是要嫁个有钱人嘛。"

"荷西当时也是这样说的，他还问：'如果跟我呢？'你猜三毛怎么回答？"

"怎么回答？"

"'那只要有吃得饱的钱就够了。'荷西又问了：'那你吃得多吗？'"我笑了笑，面露神往之色。"三毛说：'不多不多，以后还可以少吃一点。'"

"所以你想表达的意思是……你吃得很多，韦随荣养不起你？"

我差点儿一口饭喷到他脸上："你在开玩笑吧？我的意思是，只要遇上了对的人，无论他贫穷与否，我都会欣然答应；但是如果遇上不喜欢的人，无论他什么条件我都不会答应！"

一时间我们都默然无语。

"你对随荣一点感觉都没有吗？"

我笃定地摇摇头。

"那你大学四年都没有谈过恋爱，是不是没有遇上喜欢的？"还不等我回答，他忽然说出了一句让我吃惊莫名的话，"你觉得……我怎么样？"

这次我是真的把饭喷出来了。

"你别老开玩笑好不好？很容易呛到我的！"

谁料刘隐认真地盯着我："谁说我开玩笑了？"

我呆呆地望着他，一时间不知道该说些什么。

刘隐明显对自己一时冲动说出口的话有些后悔，不过他还是深吸了一口气，缓缓地说："以前我一直都没跟你说，就是因为你实在是完美得过分了，无论是你的相貌也好，学习成绩也好，还有你在学生会展现出的工作能力，这些都是其他女生完全比不上的！从我大一见到你的第一面起，我就喜欢上你了。可在你面前，我感到深深的自卑，我觉得我会配不上你，所以我始终无法袒露自己的心声。不过你刚才的一番话让我醒悟了，两个人谈恋爱，条件是其次的，真正应该考虑的是感觉。

"我的嘴比较笨，说不出什么哄女生开心的甜言蜜语和山盟海誓，但是我能够保证我一定会好好爱你，好好照顾你，比对自己更好，我一定会让你幸福的！"

刘隐热切地盯着我，我没有像对待韦随荣那样直接翻脸，而是靠在座椅上，摆出一副连我自己都不知道是什么含义的表情，不发一语。

刘隐的脸涨得通红，但他没有移开目光，只是保持着刚才的姿势，像在等待一场审判。

终审判决出来了，我低下头："对不起，我……"

刘隐的表情瞬间就垮了，他不死心地问："璨璨，你大学四年都没有谈过恋爱，你去社会上可能被其他男人骗，这样吧，你就试着和我交往一下，当作练手，等你什么时候腻了就甩了我，我绝对不会有任何怨言的，好不好？"

我看着他这副低声下气的模样，内心生出几分怜悯。

刘隐的语气几乎有些乞求："我们彼此了解很深，有做恋人的基础；我性格和你互补，在一起不会发生矛盾；我的收入虽然不太高，但肯定够约会开销……"

"谈恋爱不是谈生意，不是说摆出自己的优势，然后大家一番讨价还价就能签合同这么简单的。假设你喜欢收集错版纸币而不喜欢集邮，即使别人再怎么告诉你某款邮票多么珍贵多么经典，你也不会感兴趣。"我生硬地打断他，语气已经有些不善，"今天的话我就当没听过，以后咱们还是好朋友，大家都是成年人了，这么多年的友情，我不想因为这点事情而放弃。"

看到刘隐面如死灰地瘫坐在座位上，我有些不忍，声音不自觉地变温柔了："你和随荣不一样，他是花花公子，很难找到自己的真爱，可你那么踏实那么善良，一定能找到合适的！"

"你不懂。"刘隐喃喃道，"我可以为你做任何事情。"

我不想继续这个话题，拎着包起身："我还有事先走了，你慢慢吃吧，改天再约你出来玩。"

在我转身时，头发不小心甩到了刘隐脸上，我顿了顿，没有回头，朝着食堂外面走去。周围的食客仍然在热烈地交谈，但是我感觉我似乎已经深陷一片沼泽之中，除了自己下沉时带起的轻微的泥浆翻滚声，再也听不到其他声音。

在这一段的后面，日记的笔迹不再是已经褪色的蓝黑钢笔墨水，而是几行清晰的水性笔文字，很明显是隔了很长一段时间后加上去的。

现在想想，从那时起我就已经喜欢上刘隐了。我平时待人都是不苟言笑的态度，只有在他面前会感到真正的放松，能肆无忌惮地开各种玩笑，跟他在一起真的很开心。

那之后的一段时间，为了避嫌，我刻意疏远了他。当时想着大学毕业后我们就不会再见面了，所以就想让这段朦胧的情愫掐灭在萌芽之中。

然而不知道是不是造化弄人，我们俩居然进入了同一家单位：G市附三医院，我成了医疗器械采购员，而他则是药房的库存管理员。我们的关系有一些生疏，不过他还是像个没事人一样，保持着和在大学时一样的赤诚，对我有求必应，在我遇到不顺心的事时安慰我，在我开心的时候陪我出去玩，本来我还很庆幸我能一直拥有这个朋友，我也以为我们的关系会一直这样下去，直到……

直到半年后发生的密室案彻底改变了我的人生轨迹。

第五章　泄底女王的推理

在两江商业广场前，堂仕文停好了车，在一家米粉店前打包了两份二两卤菜粉。就在刘辞往准备催促他快点时，他还跑到了不顺路的小超市里，买了一瓶雅哈咖啡。

刘辞往跟着堂仕文一直走着，穿过了繁华的广场和一群正在跳广场舞的大妈，在几条商业街之间的复杂道路上穿梭，拐进了一条有些昏暗的小路。道路的两旁是茂密挺拔的桂树，深绿色的叶子在夜色中就像是一片片黑色的鳞片，投在路上的影子也带上了些微诡异的感觉。树叶间的球形路灯散发着暖黄色的灯光，吸引了各种各样的小虫，就像是一个小小的太阳。

刘辞往连续和几个饭后出来散步的大爷大妈擦肩之后，终于忍不住问堂仕文：“我们到底要去哪儿？”

“别急，马上就到了。也难怪你没听过她，你这几年都在外面上学，很少能回来 G 市。”堂仕文带着他，在前面的一个岔路右转，面前的景象顿时开阔了起来。

“喏，到了。”

树丛的后面是一片湖泊，面积虽不大，但是在这闹市之中却显得尤为开阔。湖水很平静，只有当轻盈的蜻蜓飞过湖面，在上面轻轻一点时，如镜的水面才会荡起涟漪，模糊了夜空中的星星。幽蓝色的水面倒映着墨色的天空,二者之间的分界线已经十分模糊,几乎要融为一体。

真正吸引刘辞往注意的,是湖心处停泊的那艘船。

这是一艘两层高的欧式风格船只,古朴的船身上架着几盏灯,把木质甲板上的纹路都照得清清楚楚。船只的前端是尖的,宛如一把战斧,即使是面对最凶险的大风大浪也能迎面劈开。几根桅杆矗立在二层,升起的帆在夜风中微微鼓起,似乎只要一起锚,这艘船就会迫不及待地冲出去,向着地平线扬帆远航。

"这是……"刘辞往有些看呆了。

堂仕文转了个身,面朝着他,脸上挂着一抹笑意:"欢迎来到纸之时代书屋。"

两人来到岸边,经过一段木桥,船身侧面有一个两人宽的开口,上面挂着一个写有"纸之时代"字样的牌匾,明亮的灯光和轻柔的音乐自入口处溢出。刘辞往跟着堂仕文走了进去,在看到里面的全景之后,他再次震惊了。

书,映入眼帘的是数不清的书,整整齐齐地摆在书架上。他毫不怀疑,即使自己打从出生的第一天开始每天读一本书也无法把这里所有的书读完。有一部分艺术类和建筑类的书籍放在书架顶层,由于书架太高了,为了方便读者阅读最上面的藏书,设计者还专门准备了一个梯子。梯子的一端卡在地面上的轨道中,另一端是一个滑轮,与书架相连,这样读者们就可以在各个相连的书架之间移动梯子,自由地取阅所有书籍。

这规模即使比之市图书馆也不遑多让啊。刘辞往的惊讶之情溢于言表。

"这个书屋是霍氏集团名下的财产,建成至今已有四年时间。"堂仕文介绍道,"书屋除了像传统的书店那样提供自由阅读和自习的环境以外，还有茶点和咖啡供应。"说着，他们穿过了饮品区——几张酒桶样式的椅子以及经常出现在牛仔电影里的吧台样式的木桌，三两个小孩聚精会神地读着手中的绘本，丝毫没有吵闹，几个正在喝茶的年轻人自觉地压低了声音，似乎在讨论手上书本的内容。

"这家书屋是公益性质的，在库的图书除了最常见的简体中文版以外，还有台湾和香港的繁体竖排版图书，以及大量英文、日文等外文原版作品，涵盖的种类从学术、娱乐到文学，堪比苏州诚品和广州方所。不仅如此，纸之时代在售的所有作品都比价京东和当当等网络书城，书屋还时不时请一些文化名家和畅销书作者来做讲座，因此每年都在亏钱。但书屋的主人却一直力排众议，不断往里面贴钱，将它保留了下来。"说到这里，堂仕文有些感慨，"因为她觉得，现在这个时代太浮躁了，信息化的发展使电子书成为主流，人们越来越不愿意花时间静下心来读书，快餐文化占据了人们的大部分娱乐消遣时间。她很害怕，害怕有一天纸质书会消亡，害怕有一天人们会遗忘纸质书的存在，所以她要给所有爱书的人提供一个舒适的阅读环境，她相信'纸'的时代永远不会过去。之所以把书屋的外形设计成船只的样子，一方面是为了制造噱头吸引顾客，另一方面就是取'在书海中乘风破浪'之意。"

闻言，刘辞往不禁对这位素未谋面的书屋主人产生了钦佩之情。在这个功利主义至上的时代，她不仅能够如此坚守本心，还设计了这般具有匠心的书屋，努力将书香尽可能多地传递给别人，这位主人确实值得人尊敬。

穿过一排排三米有余的书架，两人走到书屋最深处，那里有通往二楼的楼梯，值得一提的是，每一级阶梯的上面都铺上了一层钢化玻璃，透过玻璃可以看到下面台阶上摆放整齐的书。

堂仕文指着玻璃说："那些是市面上已经绝版了的书籍，大部分都是花大价钱淘来的，最贵的是一本带有作者签名的二十世纪英文原版书籍，听说花了差不多两千美元呢！

"对了，你还不知道等下要去见谁吧？趁现在有时间我给你简单介绍介绍她。你听说过五年前发生在 G 市的那起水泥密室杀人案吗？"

"当然听说过，那起案子的死者死在一个内侧六面都涂满水泥的房间里，门窗的缝隙也被封得死死的。而且经法医尸检，死者死于谋杀，也就是说，凶手用了某种方法，在杀掉死者之后从没有一丝缝隙的水泥房内逃生。正因这样堪称匪夷所思的离奇现场，这起案子引起了极大的社会关注。"

"是啊，不瞒你说，当时警方内部对于这个案子也感到有些棘手，我们请教了许多刑侦专家，但是却收效甚微。也就是在这时候，她出现了。"

"这所书屋的主人吗？"

"没错，当时我的一个学弟听我说了我们的窘境，于是介绍了她给我认识，说她博闻强识、聪颖过人，在大学时曾经解决过一起密室纵火案，说不定能给我一些帮助。我抱着死马当活马医的态度去请教她，谁知她只是听我描述过案情之后就把密室给解开了，还顺道指认了凶手。你知道当时我的表情是怎么样的吗？听她说我的嘴巴都可以塞进一个榴梿！

"后来我按照她的思路去调查，果然顺利地抓获了嫌犯，而嫌犯口供里描述的完成密室的诡计，居然和她说的分毫不差！"回忆起往事，堂仕文仍然很激动，"后来不知怎么的，这件事情莫名其妙地传开了。自那以后，很多人慕名前来请她帮助解答各种不可能的谜团，久而久之，网络上的好事者自发地给她冠以'泄底女王'的称号——光听谜面就能准确地解开谜底，这种解谜能力简直像是看过推理小说结尾之后回头来泄底一样，让人不得不由衷佩服。"

"原来那起案子是她解决的呀！"刘辞往也啧啧称赞。

二楼的环境要清静很多，座位也比一楼要多上一些，许多人捧着书本，缩在沙发里，津津有味地读着。服务员轻手轻脚地给试读本套上胶质封皮，看到堂仕文走近，对他点头微笑，算是打了招呼。

堂仕文也点头回应，然后把刘辞往拉到身边，压低了声音："跟我来。"两人穿过人群，走到了船头船长室的位置，横在他们面前的是一本高两米有余、宽超过一米的巨大书本，米黄色的封面上有三个内凹的镂空黑字——"剧透屋"。

接下来的场面让刘辞往震惊了好一会儿。只见堂仕文伸手叩了叩书的封面，一声含含糊糊的"请进"从书里传来。堂仕文拉开了封面，走进了书中。

刘辞往随即跟上来，仔细打量了这本书许久，才确定面前的书本其实是一扇装修别致的门扉，它的门框做成了书籍的样式，书的封面则是门页。他也学着堂仕文的样子拉开封面，跟着走进了剧透屋。

一股油墨的气味扑面而来，这是刘辞往第一次真真切切地闻到书香。宽敞明亮的房间里整整齐齐地放满了书架，看上去很有年代感的台灯散发着柔和的光芒，照亮了棕色实木书桌前的人影。

那是一个女生的身影。她靠在椅子上，手捧一本书，背对着大门，所以刘辞往看不到她的脸，只能看到那一头宛如瀑布般的深亚麻色微卷长发倾泻而下，搭在椅背上。

听到了身后的动静，她转过身子，从书背后抬起头来，用戴着墨绿色美瞳的眸子打量着刘辞往，刘辞往也同时得以打量她：她看起来才二十五六岁的样子，穿着素黑色的木耳长裙，原本就白皙的皮肤在颜色反衬下显得比瓷娃娃还嫩上几分。她的眉头微微蹙起，嘴角不带任何弧度，仿佛一座散发着寒气的冰山，拒人于千里之外。

"雨薇，我给你介绍一下，这是我的朋友刘辞往，Z大心理学专业的大三学生。"

"你好，我叫霍雨薇，纸之时代书屋的主人。"霍雨薇的声音有些尖，说话的语速也比常人快，让人觉得有些凶巴巴的。

霍雨薇朝堂仕文伸出手，他心领神会地从包里掏出刚买的雅哈递给她。霍雨薇拧开瓶盖，不理会刘辞往的目瞪口呆，把里面的咖啡一股脑儿地倒进了面前那半杯还散发着热气的西湖龙井里。

"果然还是雅哈配绿茶最对我胃口。"她用银质小勺搅拌着手里的咖啡杯，"说吧，这次又有什么谜团解不开了？"

堂仕文不好意思地挠挠头，"这次不仅是我找你帮忙，辞往也要借你一臂之力。"接着，他把十年前的红衣天使及其模仿案和最近发生的韦随荣案的大致情况都复述了一遍给霍雨薇听。除了刚开始看监控视频外，她从头到尾都没看两人一眼，只是面无表情地盯着面前的空气，好像在发呆，等到堂仕文说完了，她才像回过神来一样，眨眨眼睛，坐直了身子。

"她究竟有没有在认真听啊？"刘辞往小声嘟囔了一句。

霍雨薇瞥了他一眼，放下捧着的茶杯，从抽屉里拿出一根皮筋，慢慢地将散发扎成一束，原本散发出慵懒舒适气息的长发刹那间变成了一把倒悬在后颈处的利剑。霍雨薇整个人的气势也从原本的冷傲动人转变成了英气十足。

"你的侧写能力很强，推理能力也不错。"她望着刘辞往，"不过还可以更强。"

"什么意思？"

"你通过现场遗留的痕迹推理出了凶手的身高以及他和韦随荣的地位差别，不过我还可以推理出更多的东西，比如……"霍雨薇轻描淡写地说，"他的血型。"

短暂的震惊后，刘辞往反驳道："这不可能！"

"怎么不可能？就让我来证明给你看吧。首先，让我把你的推理完善一下。"

"你是说我的推理有漏洞？"

"漏洞是没有的，不过还存在有待补充的地方。"霍雨薇说，"走廊上的摄像头曾经拍到韦随荣给凶手开门的画面，在画面中，我们除了能看清玄关放着的拖鞋以外，还能看到一个很重要的东西——那就是韦随荣的表情。"

霍雨薇把视频倒回韦随荣将凶手让进屋的那一幕："你们仔细看这一段，现场的高清摄像头能够准确地拍下我所说的疑点。试想一下，晚上你坐在家里，忽然听到敲门声，在确认来人是你的朋友之后你给他打开门，却发现他穿得跟一个强盗似的，这时候即使你不会马上关门，也不会毫不犹豫地把他放进家里吧？但是韦随荣不一样，他看到来人的装扮，脸上根本没有露出诧异或者疑惑的表情，而是毫不犹豫地把他让进屋里，这种行为难道不反常吗？"

刘辞往和堂仕文微微颔首。

"只有一个原因能够解释这种奇怪的现象。"霍雨薇竖起一根手指，"韦随荣希望凶手这么做。"

"希望？"刘辞往问，"哪有人会希望自己的客人扮成偷窥狂的样子来见自己呀？"

堂仕文若有所思地说："如果韦随荣不希望凶手的脸被人记下来呢？比如……"

"比如他们两个之间有着不可告人的秘密……"霍雨薇接过他的话头，"那天晚上凶手去韦随荣的家中，不是为了别的，就是要和他讨论或者做一些不能为外人所知的事，所以他必须穿成那个样子，不让监控和熟人目击自己，而韦随荣看到他的打扮也只会觉得理所应当。

"还有一点，凶器是韦家厨房里的菜刀，一个制订杀人计划的人不可能不随身携带凶器，但本案的凶手偏偏这样做了，这说明他十分清楚韦家的情况，知道他家厨房的某处有一柄锋利的菜刀，这柄菜刀足以了结韦随荣的性命。就算韦随荣和凶手是关系非常好的朋友，他也不可能跟凶手提起自己家某某位置有一柄能够杀死人的菜刀，因此我们又能得出一个结论：凶手在行凶之前，至少到过韦随荣的家中一次。倘若那一次他还没起杀心的话……"

堂仕文兴奋地补充："他就很有可能不做任何伪装地出现在监控之下！"

相比起刘辞往的钦佩和堂仕文的欣喜，霍雨薇依然淡定。"别急着惊讶，我还没说完呢。"

"还有能帮助警方锁定凶手身份的推理吗？"一想到自己追查多年的杀人凶手正在一点一点地浮出水面，刘辞往异常激动。

霍雨薇调了一下视频的进度条，让画面定格在凶手进屋前的一幕，接着放大了画面，高清的画质让图像依然保持清晰。

两人顺着她细长的手指看去，她的指尖抵在凶手的裤子侧面，黑色裤面上的白色图案一清二楚："这个品牌的 Logo 你们应该见过吧。"

"好像是……星期天？"刘辞往想起来了，这是一家 G 市本地的服装品牌，门店主要集中在市中心，它的规模不大，但是物美价廉，款式前卫，深受年轻人的喜爱。

霍雨薇点头："那你对这款裤子有印象吗？"

刘辞往仔细端详起来：那是一条夏装运动长裤，浅黑色，材质应该是纯棉的，比较宽松，裤腰的位置有一条蓝白相间的条纹花边做装饰。他觉得这条裤子有些眼熟，闭着眼睛想了许久，忽然惊叫道："这不是那款被吐槽过很多次的裤子吗？"

"它有什么特别的吗？"和两人有不小代沟的堂仕文问。

刘辞往解释道："G 市的贴吧上曾有一个帖子专门吐槽这条裤子，因为它的两个口袋都非常浅，甚至连手指的第二个指节都放不进去，完全就是摆看用的，让习惯在口袋里装东西的人感觉很不方便。"

"他说得没错，视频里凶手的两侧口袋都是瘪的，加上他上衣也没有口袋，并且没有背包，所以请你们记住这个结论：凶手的身上没有带任何东西。"

"等等，如果凶手没有带任何东西进去，现场画有獠牙的口罩是从哪里来的？"

"来源和凶器一样，都是取自韦随荣的家中，油漆笔自然也是如此。这更能证明我之前的推理：凶手曾经不止一次去过韦随荣家，所以才对他家里的物品位置如此清楚。"

解释完之后，霍雨薇再次调整进度条，这一次画面定格在凶手行凶结束、离开现场的画面上："你们看看这幅画面，不觉得有哪里不对劲吗？"

两人又聚精会神地盯着画面，随即反应过来："他的上衣穿反了！"

霍雨薇望着凶手衣服的肩部和手臂上那些只会出现在衣服反面的缝合痕迹："凶手进去的时候衣服还是好好的，出来时却穿反了，这说明凶手在房间里将自己的衣服脱下后再次穿上，他为什么这么做呢？"

刘辞往试探性地问："他们在里面……那个了？"

霍雨薇古井无波的脸上第一次出现了无语的表情，她的嘴角抽了抽："凶手一共才进去二十分钟，这么点时间处理现场都嫌紧，你还指望他做什么？"

"凶手的身上沾上了死者喷溅的血迹！"堂仕文想起了现场墙上血迹中的那一块突兀空白。

"没错，这才是正确的想法。根据刘辞往的心理画像，凶手当时处于一种比较紧张的状态，他在杀了人后害怕身上的血迹被人看到，而极度紧绷的神经让他无法平静思考，惊慌之下忘记从韦随荣的衣柜中找合适的衣服替换，于是便把自己的衣服反穿，以掩盖上面的血迹不被路人发现。他的衣服是黑色的，反着穿后即使有一部分血迹渗出，大晚上的也根本不会有人注意到。"

"就算他反穿了衣服，又怎么样呢？"

"这样一来有一个问题就不可避免地出现了。"霍雨薇幽幽地说，"凶手身上溅到了血，可他的口罩为什么依然是白的呢？"

刘辞往和堂仕文的身体皆是一震，他们急忙端起手机确认。果然，凶手的口罩上面根本没有哪怕是一丁点的血迹。他们对视一眼，都在懊恼自己怎么漏掉了如此明显的线索。

"试想你们戴着口罩回到家中，第一件事情是做什么？自然是脱掉口罩。按照一般人的习惯类推，凶手进入房间后也摘下了口罩和韦随荣进行交谈，毕竟他戴口罩只是为了躲避监控，最近的气温那么高，他一进屋首先就应该取下让他闷得慌的口罩。接着凶手趁其不备杀了韦随荣，血液溅了他一身，包括他的脸。随后凶手清理了现场，在临走时洗掉了脸上的血迹，只不过这时他的衣服也沾满了血，他该用什么擦干净脸上的水呢？"

"洗手间的……纸巾！"堂仕文差点儿激动得跳起来。

"凶手擦干净脸上的水渍后，大功告成的喜悦让他心理松懈，所以他应该会顺手将纸巾扔在了房间的某个角落，可能是垃圾桶里，也可能是便池里，最后他再戴上口罩扬长而去。"霍雨薇望着堂仕文，"快去现场找找吧，如果运气好的话，说不定真能从纸巾中提取到凶手的皮屑，再与 DNA 库的具有犯罪前科的人员进行比对。"

本来我以为我的犯罪心理学画像已经将凶手的大致轮廓勾勒出来了，谁曾想她竟然有这样的推理能力，仅凭一点微不足道的细节就还原了许多我们不曾察觉的线索。刘辞往坐在一旁，呆呆地望着她，在对这个做出如此缜密推理的女生产生由衷的敬意之时，心里也不自觉地升起了一股寒意，那是对她可怕才能的敬畏。

倘若我有她的能力，我一定能……刘辞往攥了攥拳头。

"今天的推理就到这里，以后有什么事再来找我吧。"霍雨薇下了逐客令。就在堂仕文拉着刘辞往准备告辞时，她又说："仕文你留下，我有话要跟你说。"堂仕文不明所以地答应了，把刘辞往送下了楼。

当他再次回到剧透屋里，把门关上时，霍雨薇一改刚才云淡风轻的表情，正襟危坐，严肃地望着堂仕文说："你要小心。"

"啥？"他丈二和尚摸不着头脑。

"那个刘辞往，他……"霍雨薇顿了顿，似乎在选择措辞，"很可怕。"

"可怕？"

"是的，今天刚见到他时我就察觉到了，他的身上有一种十分偏执的气息。"霍雨薇语气认真。

"偏执是指……"

"他可是那种为了找出杀害父母的凶手而无所不用其极的人。"霍雨薇回忆道，"当时你跟我复述韦随荣案的经过时，我就察觉到了，他虽然极力控制，可是表情仍然有些不自然的狰狞，他当时一定很想一拳捶烂视频画面中的凶手；不仅如此，他的拳头一直攥得紧紧的，指节白得连里面青色的血管都看得一清二楚，后来他松开手后我注意过他的手掌，上面有几道很深的指甲印，甚至都有些未干的血残留在里面，这说明他当时情绪已经处在失控边缘，连指甲掐进手掌的肉里都毫无察觉。"

"有这么恐怖吗？这只是一个在年幼时父母被残杀的孩子见到生死大敌时的正常反应吧？"堂仕文觉得霍雨薇有些小题大做，"他原本拥有一个完整的家庭，谁料一场人祸让他父母双亡，时隔这么多年，他终于见到凶手，压抑了那么久的情感一次性爆发出来，险些失控也是正常的，你何必大惊小怪？"

霍雨薇摇头说："不一样，他是学心理学的，能够通过自我暗示和催眠调控自己的情绪，但是刚才他的那种反应，很明显他的承受能力已经到达了极限，我甚至怀疑他暗藏着某种心理问题。"

"你说他可能有精神病？"

"没到那个地步，不过按照他的性格，他之后会做出什么事来，我可不能保证。"霍雨薇说，"你今天也看到了，他的推理能力并不弱，这就注定了之后他一定不会甘于等待警方的调查结果，而会选择主动出击，亲自进行调查。要是他没查出结果还好，可如果他真的运气不错，在警方之前误打误撞地提前抓住了凶手，我害怕……"

"害怕什么？"

霍雨薇放下茶杯，目光飘向窗外："害怕他会亲手杀了凶手，为自己的父母报仇。"

茶杯里的饮料波动着，倒映出的堂仕文的脸也有些扭曲。他笑了笑说："不可能吧，我们十年前就认识了，我对他的了解可比你深多了，他是一个难得的充满正义感的人，经常不惜受伤也要见义勇为，帮助弱者，惩恶扬善。这样的人你说他会去触犯法律？我可不信！"

"他多次主动打击违法犯罪势力，不正表明了他心中潜藏的对犯罪分子的极强攻击性吗？对待小偷小摸尚且如此，一旦遇到真正的凶手，而且还是让自己遭受十年不幸的罪魁祸首，他心中的恨意会在一瞬间爆发，就像是汛期的黄河水坝决堤，到了那个时候，他做出什么过激举动我都不奇怪。"

"好吧好吧，我说不过你，我答应你会时刻注意他的，行了吧。"堂仕文敷衍道。

望着他不以为意的表情，霍雨薇暗自叹了口气，不再言语。

下了公交车，刘辞往走在回家的必经之路上，脑海里不断回放着今天经历的一切。

犯罪现场和十年前的旧案不断在脑海里穿插浮现，无数声音与图像混杂在一起，如同出了故障的放映机。那些情境互相交融、渗透，最终飘向远方，收束成霍雨薇冷漠的脸庞。

十年了，终于让我找到了你的踪迹！他对着空气用力挥了挥拳头，想象凶手跪在自己面前求饶的样子。你可要小心了，别被我逮着，否则我一定会将你碎尸万段！

他深吸一口气，用在专业课上学到的方法，控制自己的情绪。明天我就开始自己暗中调查吧，不能只依靠警方，暑假闲着也是闲着，我现在有能力找出凶手，为什么不亲手报了十年前的血海深仇呢？

刘辞往沉浸在自己的世界中，忽然他的耳朵敏锐地捕捉到了一丝响动。他立马停住脚步站在原地，环顾四周的情况。他是从公交车站抄近路回家的，这条路位于别墅区西双版纳小镇的背后，环境相对幽静和偏僻，晚上很少有人经过，但他刚才听得清清楚楚，那是人的脚步声。

路灯玻璃罩里堆积着不知是昆虫尸体还是灰尘的污垢，把灯的光芒遮掩了一半，道路被一片若有若无的黑暗笼罩着。刘辞往借着微弱的灯光分辨周围的事物，有灌木丛、有小区围墙、有人影……

等等，人影？

他注意到了，小区的围墙上，有一个攀爬的人影！

那个人应该是先爬上人行道旁的一棵树，接着跳到围墙上，正在寻找合适的落脚点。对方穿着一身深色衣服，几乎要融入黑暗中，不仔细看根本分辨不出来那有一个人。

原来是一个入室盗窃的。刘辞往不屑地哼了一声。今天遇上我算你倒霉，老子正愁一肚子火没地方发呢！

刘辞往紧贴墙壁，尽量让自己的身形隐没于阴影之中。他蹑手蹑脚地摸到了那人的身后，那人还在围墙上望着小区内的情况，丝毫没有注意到身后的来人。刘辞往以迅雷不及掩耳之势扑上去，拽住那人的脚踝就将其拖下围墙。

"啊！"一声惨叫，那人直接摔了个狗啃屎，这一下摔得可不轻，对方捂着肚子在地上抽搐，一句话也说不出来。刘辞往可没有因此而心慈手软，二话不说就骑了上去，拎起对方的领子："好啊，大半夜的来闯空门，被我逮到了吧，等我教训教训你就把你送到警察局！"

空无一人的街道上，只能听到拳拳到肉的击打声。

第六章　杨璨璨的日记（3）

1998 年 12 月 25 日星期五 雷暴

迷迷糊糊中，我似乎听到了滴滴答答的水流声，声音很远，像是悠悠山谷中潺潺的水流。

我睁开眼，发现自己正躺在一个昏黑的环境中，微弱的灯光穿透厚重的窗帘，只留下一个小小的光晕。似乎是长时间保持一个睡姿不动的缘故，我感觉自己的手脚被压得有些难受，我尝试着舒展身子，却感到下半身一阵疼痛，我龇牙咧嘴地皱皱眉头，艰难地坐起身，轻微的眩晕感袭来。我伸手撑住了身体，揉了好一会儿发胀的太阳穴才清醒过来。

这不是我家……我这是在哪儿？

我在枕边摸到了一个闹钟，钟面显示现在是凌晨 3:03。我按亮了闹钟上的灯，借着微弱的光亮环顾四周：自己坐在一张床上，被子和床单都泛起令人作呕的黄色，床头柜上面放着一张小卡片，上面画着一个浓妆艳抹穿着暴露搔首弄姿的女人，床头柜的上方有一个白色的电灯开关。

伴随着"咔嚓"一声轻响，不算明亮的日光灯照亮了房间的每个角落：这是个不大的房间，床边有一个床头柜，床尾对面则是一个衣柜，两个柜子前各摆着一张圆形座椅。

我是怎么到这里来的？

我掀开被子刚准备下床，下体突然感觉到一丝凉意——我的裤子居然不知什么时候被扒了下来！

我一下子就慌了，下体的那种不适感随着自己的清醒愈加明显，那是被硬物强行插入的疼痛。我低下头，肮脏的被单上斑驳的血迹已经开始变成红褐色，周遭还有一些已经干了的透明液体。

我难道被……下半身的冰凉迅速地通过脊髓传到大脑，我在那一瞬间甚至忘记了怎么呼吸，只觉得所有的念头都被冰冻了，脑袋一片空白，手脚也变得僵硬。

我想下床拿挂在不远处椅背上的裤子，却因站立不稳而跌倒在地，一阵阵刺痛接踵而至。劣质的木地板早已起了不少倒刺，在我的大腿上划出几道伤口，外翻的皮肤被划成一段一段的，随即几滴水落在上面，稀释了血珠，带来了微微的冰凉和刺痛。

我哭了。

声音越来越大，宛若哀乐即将进入高潮。

然而，突如其来的敲门声吓了我一跳，硬生生地打断我的呜咽。

"你好，我是前台，你登记的身份证有点问题，麻烦开门给我核实一下。"门外传来一个女声。

哭声突然止住后，我居然哭不出来了。我抹了把眼泪，不知道该怎么回应。

门外的女声又重复了两遍，见没有人回答，似乎和谁低声说了两句，于是敲门声更重了，这回换了一个男声："你好，你们房间漏水很严重，已经影响到楼下住户的正常生活了，请把门打开，用不了多少时间的！"

我这才想起来，自己就是被水声吵醒的，我赶紧穿戴整齐，循着水声走去，房门的左侧就是洗手间，白色的墙壁上沾满了令人作呕的污垢，蓬头掉在地板上，源源不断的水流从地漏中流走。

突然听到开锁的声音，但是房门并没有被推开，只能听到"咔咔"的声音，我探头一看，原来是房门上有一个插销，把门从里面顶住了。

我把插销拉开，门被迅速推开，吓了我一跳。我以为是入室抢劫的，正准备放声大叫，却见几位身着制服的警察冲了进来："我们是 T 区派出所的，现在进行例行调查，请你配合！"

我压根儿就没反应过来这是怎么回事，其中一个警察就盯住了我，剩下的也四散开去，在房间里翻箱倒柜。过了一会儿，一个警察大叫："头儿，床头柜上发现了现金！"

"洗手间的垃圾桶里发现了使用过的避孕套！"另一个警察补充道。

我觉得脑袋嗡的一下，仿佛一朵蘑菇云正在冉冉升起。我无法思考，甚至听不到任何声音。

为首的警察走到我面前："这位小姐，我们接到举报，有人说这家招待所的 201 室——也就是你的房间，有从事卖淫活动的迹象，请你跟我回局里接受调查。"他的声音不大，口吻却不容置喙。

后面发生的事情我直到现在都记忆模糊，我只记得自已被罩上了黑色头套，一名警察反剪着我的双手将我押出房间，我只能跟跟跄跄地跟着他们，生怕跌倒，身后开门声和议论声四起，应该是听到动静的房客探头出来张望。

当我感觉到一股湿冷的空气扑面而来时，我知道自己已经走到了招待所外面，红蓝闪烁的警灯交织出一种迷幻的色彩，透过头套映了进来。我魂不守舍地坐上警车，好不容易恢复了思考能力后，我已经坐在两个警察的中间了。

"我是被冤枉的！"我突然歇斯底里地大喊，"我根本没有卖淫，我、我是被人……"说到这里，刚才被强制塞回去的眼泪终于决堤，我号啕大哭，泪水浸润了头套。警察对于这种情况似乎司空见惯，没有多说什么。

接下来发生的事完全就是刚才的倒带。警车行驶了五分钟后停了下来，我被押下车，进入了一个房间，等头套被摘下来后，我才发现自己坐在警局的询问室里。两个年轻的警察坐在我对面，雪白的灯有些晃眼，其中一位叹了口气："早知如此，何必当初呢？"

此时的我适应了一开始的惊慌失措后，悲伤和恐惧逐渐消退，取而代之的是一股愤怒和委屈。我用力一拍桌子，"我真的没有做那种事！我是被……是被……"我能感到自己的脸憋得通红，终于挤出了那个词，"我是被迷奸的！"

两个警察彼此对视，其中一个撇撇嘴："你是第一次进来吧？放轻松，只要你好好交代，不会关你多久的。"

"我真的是被冤枉的！"我恼羞成怒。

另一个警察憋着笑反问："卖淫还能被冤枉？"

正在我打算反驳时，询问室的门被推开了，一个成熟稳重的中年警察走了进来，后面还跟着一名年轻警察。中年警察先和两名警察耳语了两句，两人闻言后疑惑地打量着我，随即起身离开。中年警察上前和我握了握手，说："我叫李文，是本局刑侦支队一支队的队长，现在本案由我接手。"

"李警官，您要相信我，我真的……"我声音沙哑，李文示意我不要激动，在我对面坐下。他用若有所思的目光审视了我好久，直到我觉得被盯得心里毛毛的，他才缓缓开口："你的情况治安支队的同志已经跟我反映了，其实他们接到举报电话时就觉得有些不对劲，一般的举报电话都会举报一个卖淫窝点或者团伙，举报某招待所某号房的还真是少见，毕竟在不进入房间的情况下很难判断两人是否是在进行性交易。不过出于职责，他们还是带队过去看了看。

"把你带回来后，他们录入了你的身份信息，发现你就职于G市附三医院，是一名采购。他们感觉到情况不对，于是迅速和医院人事科和财务科进行核实，调出了你的工资条，发现你虽然大学毕业才一个月，可是工资水平已经超过了本地平均工资的两倍，再加上你并没有类似前科，所以他们相信你几乎没有理由卖淫。经过短暂的讨论，他们觉得事有蹊跷，就临时通知我来调查这件事。"

我被警方的尽职尽责感动得说不出话，只能频频点头。

"但是……"李文的话锋一转，"如果你真的是被迷奸的话，就有个无法解释的疑点。"被他古怪的眼神紧紧盯着，我的哭声止住了，只听他一字一顿地说："你所在的那间房，可是个密室啊！"

第七章　旧情新伤

一只手按亮了客厅的电灯，刘辞往浑身疲惫地走了进来，将沾满灰尘的短袖脱掉，随手往地板上一扔，接着整个人重重地跌进沙发中，不停喘着粗气。

在沙发另一头浅眠的温澄被这么大的动静惊醒，警觉地睁开眼，看到是刘辞往之后才长舒了一口气。她赶紧冲到他身边问道："你去哪儿了？怎么这么晚才回来？为什么打你手机你也不接？你知道现在几点了吗？"

"两点五十六。"刘辞往又喘了口粗气，"你先让我休息一下，我快要累死了！"

这时温澄才注意到他的身体状况：他的裤子上沾满了黄色的泥土和白色的灰，膝盖处甚至被磨破了一块，透过那个洞能看到沾着干涸血迹的皮肤；胸口和腹部也青一块紫一块，乍看之下像印有紫色"已检"标志的猪肉，他的脸上挂了几道彩，一看就是被人抓伤的。

"你怎么了？大晚上的跑去跟人家打架？"温澄顿时慌了神，连忙掏出家用医疗箱，从里面找出过氧化氢。细小的泡泡不断泛起，把伤口里的泥沙都挤了出来，刘辞往感到有些疼，不过脸上却挂着开心的神色。

"你到底去干什么了？怎么伤得这么重？"温澄小心翼翼地擦拭着每一道伤口，埋怨道。

"嫖娼被仙人跳，和老鸨打了一架。"

温澄使劲掐了他的小腿一下，疼得他嗷嗷直叫。

"别贫嘴，说正经的。"温澄相信疾恶如仇的刘辞往根本不会做出违法的事。

"其实也没什么，今天我不是和堂警官去查案子了嘛，由于事情比较多，搞到很晚，我在思考时需要集中注意力，所以就把手机静音了，免得别人打扰我……当然，老婆大人的关心除外啦！"看到温澄的脸瞬间黑了下来，刘辞往急忙补充。

"后来事情终于处理清楚了，我这才回家，谁知道在路上遇到一个鬼鬼祟祟的家伙，正在爬别人小区的围墙。我一看就知道他不是什么好东西，便偷偷摸了上去，和他扭打在一起。你老公的神勇身手你是知道的，三下五除二地就把他制服了，后来还带他去警局做了笔录，这折腾一下那捣鼓一下就到这个点了。"

望着一脸无辜却又带着几分得意的刘辞往，温澄无奈地叹了口气："好吧好吧，服了你了，但是这位为民除害的大侠，以后能不能请您在遇到这种情况时，抽空给我个消息，我也好不那么担心，我今天可是不敢睡觉，在客厅盼着你回来的！"

"结果不还是睡着了？"刘辞往小声嘀咕。

温澄再次用力掐了他一下，疼得他嗷嗷直叫。

"放心啦，这次是意外，绝对不会有第二次了！"刘辞往双手合十。

温澄拿他没办法，摆了摆手："你赶紧跟爷爷奶奶打个电话，他们也知道你没回家的消息，估计也在等你呢，再不报个平安他们估计也要报警了。"

"你居然跟他们打小报告？"刘辞往不满地嚷嚷，拿起了桌上的手机。

"我这不是以为你去他们家过夜了嘛。"温澄撇撇嘴。

第二天，刘辞往难得地睡到了自然醒，这对平时极度自律的他来说是十分罕见的。温澄猜测他这两天经历的事情太多，太累了，所以没叫醒他。等到刘辞往迷迷糊糊地从卧室走出来时，温澄的午饭都准备得差不多了。

"你终于醒了。"温澄解开围裙，"快去刷牙洗脸，过来吃饭了。"

刘辞往揉着蓬松的头发，含糊地应了一声，手中的两本册子往餐桌上一扔，朝洗手间走去。

温澄好奇地凑过去，拿起其中一本，这是一本复印件，线格之间的字迹娟秀，同时又笔锋有力，所谓字如其人，这应该出自一名性格坚毅的女性之手。

忽然，温澄想起了刘辞往曾经跟她提过的一件事，脱口而出道："这是你妈妈的日记？"

刘辞往嘴里含着牙膏沫，声音有些浑浊："是啊，前两天被杀的人是我妈的大学同学，堂警官听说有这本日记后让我复印一本给他，说从里面或许能找到些线索。"

"你等下就带过去给他？"

"是的，顺便了解一下案件的进展，看看有没有我能帮上忙的。"

匆匆吃过午饭之后，刘辞往搭车来到了市公安局，登记完来访便轻车熟路地来到堂仕文的办公室。见到是他进来，堂仕文把鼠标一扔，往椅背上靠去："看你心情不错的样子，昨晚又和女朋友玩到很晚吧？"

刘辞往回想起昨天晚上和小偷搏斗的场景，嘴角翘得更起，也不做解释，拉过椅子就坐到他对面："我妈的日记复印件我给你带来了，跨度长达大学四年和刚开始工作的那三年，加起来估计有几十万字，你可能得熬夜啃了。"

堂仕文揉着额头："唉，事情可真多啊，估计今天又要半夜才能睡了。"

"你手头还有什么事？"

"之前我们查了香格里拉小区附近的监控，想找到凶手的行踪，不过他似乎很熟悉附近地形，专找没有监控的巷子走，所以没什么收获。但是另一边的社会关系调查有可观的进展。"堂仕文一扫刚才的疲态，直起身子，把手撑在桌子上。"我们发现韦随荣所在的制药公司的管理层，有一名叫郭博城的高管，最近和韦随荣之间似乎经常发生很大的冲突，有几次加班的员工还发现两人在办公室里大吵。不过因为两人都是在下班后争吵，所以很少被人发现，我们也是问了好久才找到了提供证言的人。"

"那咱们等下就一起去吧！"刘辞往很自然地说。

堂仕文看了他好一会儿，还是叹了口气："好吧，看在你之前的推理能够得到霍雨薇认可的分儿上，我就带你一起去吧。"

"对了，既然霍雨薇这么厉害，她为什么不跟着警方一起去勘查现场呢？"

"说来话长，主要有两个理由：第一，霍雨薇自诩为'安乐椅神探'——就是只需要坐在家中听别人将现场状况描述一遍就能够准确推理出凶手的角色，所以在探案时她绝不离开剧透屋一步，这也是她被称为'剧透屋的泄底女王'的原因；这第二嘛……"堂仕文似乎陷入了回忆，"算了，这件事涉及她的隐私，我还是别自作主张地告诉你为好。"

"这还能涉及隐私？难道像一些推理小说中的奇葩设定一样，她和谁谁谁有个约定，永远不踏足犯罪现场？"

"具体的我也不好说，以后等你们混熟了你亲口问她吧，我感觉她对你的印象还不错，只是我不保证你问出口之后她会不会直接将你扫地出门。"堂仕文站起身，"你等我一下，我去上个洗手间，等我回来后我们就去会会那个郭博城。"

十分钟后，堂仕文回到办公室，刘辞往从电脑桌前站起，跟着他下到停车场坐上了警车。郭博城住在距离香格里拉小区不远的西双版纳小镇，门卫登记了车牌和身份证后便放他们进去。现在是中午时分，郭博城应该已经收到了警方的提前通知，刚按门铃不久他就着装整齐地打开房门。

"请进吧。"应该是知道警方要登门，他穿着一身正装，显得严阵以待。比起韦随荣的风度翩翩，他更有油腻中年人的味道，西装不仅没有衬托出他的优雅气质，反倒显得他的身材有些干瘪。

三室两厅的房间十分亮堂，走的欧式古典装修风，打扫得纤尘不染，可以看出主人是个细心、爱干净的人。

"你们想知道些什么？"郭博城给两人倒上茶，开门见山地问道。

"韦随荣的事情想必你也知道了，我想跟你谈谈他的死。"堂仕文将笔记本摊在茶几上。"我听你们公司的员工说，你和韦随荣之间似乎产生过很大的矛盾，能跟我们具体说说吗？"

"我们能有什么矛盾？不就是工作上那点事儿呗。"

"工作上的事能天天吵？"

"他是营销，我是财务，两人的工作性质都不对付。"郭博城摊摊手，"营销的工作是想着法子花钱，花钱做推广，花钱和经销商搞好关系；财务的工作则恰恰相反，我们帮公司编制预算，想方设法地开源节流，能省就省，能够一百块搞定的事情绝对不花一百零一块。我们这两种人凑在一起，不吵架才是怪事！"

堂仕文盯着他的眼睛："既然是工作上的事，为什么不在上班时间协商解决，非要等到下班才在办公室里偷偷吵架呢？"

闻言，郭博城的目光有刹那间的闪躲，不过浸淫商场几十年磨炼出来的坚韧心性让他将这点巧妙地隐藏了起来。他笑了笑说："堂警官，你也知道，咱们这种私企不比公务员，工作压力大，尤其是我们这样的小领导，天天加班是很正常的事，况且每天都当着下属的面吵架有损公司形象，所以我们都是在下班之后想办法解决的。"

擅长察言观色的刘辞往敏锐地捕捉到了他的表情变化，语气略微阴阳怪气："这么说来，郭先生真是一位体谅下属的好上司啊！"

"这位警察先生过奖了。"郭博城堆笑道，心中却对这位警察没穿制服的行为感到有些奇怪。

"好吧，既然你不说，我给你看几样东西。"堂仕文从包里掏出一沓复印件摆在茶几上，"这是你们公司前两个月业务招待费的账目复印件，这里面可有你这个总会计的签名，也就是说上面的所有数据你都要负法律责任的，没错吧？"

郭博城差点儿从沙发上跳了起来，指着复印件说："你、你怎么弄到这些东西的？"

"这个不重要，重要的是，我们拿着这份复印件去和上面

91

记载的往来公司进行了金额核对，发现两边的数据可有很大出入。"堂仕文似笑非笑地望着他，"你能给我们解释解释吗？"

郭博城眼神飘忽，明明身处开了空调的房间，头上却渗出了一排排汗珠。

"我劝你别狡辩了，不然我直接让税务和经侦的部门去你们公司一笔笔地查。"

郭博城的身子重重地往沙发里一陷，叹了口气道："好吧，既然这都被你查到了，我也就没什么好隐瞒的了。我和他是因为利益分配问题吵起来的。"

"说清楚一点。"

"你核对过这些票据就应该清楚，我们在账目上做了手脚。我们是个制药公司，需要和医院打交道，要让医院愿意用我们生产的药品，就必须和他们搞好关系，要搞好关系，很重要的一个手段就是给钱，而且数目往往不小，这在行业内已经是公开的秘密了。

"韦随荣在这其中发现了'商机'：他负责和医院谈好价格，之后虚报给公司，从中赚取差价，再分一部分给谈判代表，不过这种方法要想瞒过负责报账的财务是几乎不可能的，所以他来找我，答应给我分一杯羹，我经不住诱惑，也就答应了他。我和我手下的尤会计串通好，将这条线搭了起来，几人从中牟利，虽然单次利润不高，不过一年到头每个人也能有不菲的收益。也就在这时，矛盾产生了……"

"老郭，咱们之前的买卖，我想多分一点。"空荡的办公室里没开多少灯，傍晚的昏暗就像乌云一般积压在房间的每个角落。韦随荣把玩着手里的财务科印章，语气随意地说。

正在检查账目的郭博城抬起头："你说什么？"

"我觉得我分得少了。"韦随荣将印章拍在桌面上，"你看看你，每次都只需要大手一挥，签个字盖个章，就能分掉一半的油水，怎么想都太轻松了吧？"

"你是在开玩笑吧，没有我的签章，你那些小动作可能成功？"郭博城嗤了一声，"你真当审计科的那些人是吃干饭的？这种级别的造假，他们真的发现不了端倪才有鬼了。如果不是我从中周旋，不仅将账目做平，还伪造了包括发票在内的所有原始凭证，你就等着税务局上门查水表吧！"

"税务局要查也是来你们财务科，跟我们营销有什么关系？"韦随荣的话几乎让他吐血。

郭博城吹胡子瞪眼道："你自己问问尤新知，咱们会计的工作有多难搞！"

韦随荣把目光投向站在一旁的女子，她看起来三十岁上下，表情显得有些木讷，正一言不发地绞着手指，一看就是十分内向的人。听到郭博城叫自己，她才抬起了头："韦科，现在咱们市里的所有医院都实行了科室自主核算，每一笔钱的进出都有记录，要做到不留痕迹非常麻烦，假如没有我们从中帮忙，你根本不可能赚到那些油水。而且你给我们的五成还要由我和郭科长分，根本就不够，我们还一直想让你给我们多分点呢。"

她的声音不大，说起来显得没有什么底气。韦随荣哈哈大笑，拍了拍她的肩膀："年轻人可不能太贪心。"

"咱们公司的工资本来就不高，要是连最后这点外快都赚不到，我可就真要活不下去了。"尤新知梗着脖子说。

"你看吧，咱们的尤会计可是跟我一起负责这件事的，假如没有她帮忙在账目上做手脚，即使我出面也未必能够瞒过公司

93

高层，她这么兢兢业业，你还好意思压榨她吗？"

韦随荣有些恼了："我今天可是真心实意地跟你们谈判，你们还说这么一堆有的没的来搪塞我，那咱们就一拍两散算了！"

郭博城咬牙切齿："好啊，以后你走你的阳关道，我过我的独木桥，咱们就当没发生过这件事！"

"独木桥可不好走，你要小心啊。"韦随荣凑近他，玩味地笑道，"人家都说'常在河边走，哪有不湿鞋'，可你偏偏还要这样过独木桥，就不怕掉进水里，浑身湿透不说，还把自己搭进去吗？"

"你什么意思？"

"你如果不答应我，我就去举报你。"韦随荣一字一顿地说。

闻言，郭博城和尤新知都变了脸色。

"韦科，你……"尤新知是真的急了，居然不顾下属礼节，先郭博城一步，指着韦随荣，"你怎么能这样做？"

"放心，你不会有什么事的。你只是从犯，大不了就被关几年，不过郭科长可是主犯，时间跨度这么大、金额这么高的经济犯罪，市里的经侦支队应该会很高兴吧？"

"你太过分了！"

"都说了没你什么事！"韦随荣用更大的声音压过了尤新知，"我打听过你，你这个样子，还没有嫁人，农村的父母也早就死光了。你无事一身轻，要那么多钱来干什么？"

尤新知嘴唇发抖，但凭她的性格，根本无法从基层销售做到科长位置的韦随荣的嘴里讨到便宜。

"老郭，你可和小尤不一样，你有家人，等你从监狱里出来了，妻子变成谁的老婆、孩子还管不管你叫爸爸，可就说不准喽！"

"你……"郭博城气得直咳嗽，"举报了我，你也会被我拉下水，咱们谁都没有好下场！"

"那你们就试试吧，最好赌我不敢这么做。"韦随荣整理了一下自己的领子，扬长而去，声音从电梯间里传出来，"不过我家里还是有一些门路的，所以最后谁成功爬上岸，谁被淹死，还真说不准。"

"到最后你们怎么办的？"堂仕文问。

"还能怎么办？我们又让了两成给他！"说起来郭博城就气不打一处来。

"你一定很恨他吧。"刘辞往再次适时地插嘴。

"我、我怎么可能为了这点钱去杀他呢？"

"关键不在钱的数目，而在于他对你的威胁。"刘辞往盯着郭博城，"这可是关系到你一家老小，为了这种理由杀人，也不是不可接受。"

"警官，你这么说就……"

堂仕文拉了拉刘辞往，示意他别把话说得太过分，接着他截断了郭博城的反驳，问道：

"你刚才提到了一个尤会计，那是谁？"

"她叫尤新知，是我手下的一名员工。"

"把她的联系方式给我一份吧。"

郭博城从手机里调出了尤新知的电话号码："她发短信来请了个假，说是痛经了，她这个毛病一直很严重，以前曾经痛得在地上打滚，所以这次我也准假了。"

堂仕文点点头："还有最后一个问题要问你，八月十八日的二十三点至二十三点半之间你人在哪里？"

"你们果然在怀疑我！"

"我们没有怀疑你，只是例行调查。"堂仕文把他的话堵了回去。

郭博城恼羞成怒："大晚上的，我当然是在家里了！"

"有人能证明吗？"

"老婆孩子都可以。"

"那个点他们都睡了吧？"

"是啊，怎么了？"

"也就是说，即使你偷偷溜出去，他们也不会知道咯？"

"我才没有做过那种事！"

"这只是一种假设而已，我们必须考虑所有可能性。"堂仕文收起笔记本，告辞离去，走到门口时忽然回头说："对了，你们做假账的事情可不会就这么过去了，你最好在这两个月内把错账给处理好，把窟窿给补上，否则下次来敲门的就不是刑侦大队的警察，而是经侦支队的同事了。"

房门在身后重重地关上，带起的风扑到了他们的背上。

"刚刚你是故意激怒他的？"堂仕文问。

"是的，我觉得以他的性格，如果发怒了比较好套话。不过现在看来似乎没什么用，也不知道他是真的无辜还是将计就计。"刘辞往耸耸肩，"我注意观察了他的体貌特征，和监控里出现的凶手形象很像。"

"年龄和社会地位应该对不上吧？"

"犯罪心理画像本来就是基于大数据进行的一种概率性判断，在本质上和'玩骰子时一次性掷出六点的概率是六分之一，但并不代表掷六次就一定有一次六点'并没有什么两样，虽然我们能大致勾勒出凶手的轮廓，但他有可能刚好处于误差范围之内，这也是情有可原的。从现有的情况来看，你看他虽不健硕，制服一个韦随荣应该不成问题。至于社会地位，非常有可能是韦随荣为了故意羞辱他，好在之后的谈判中占据心理主动，才把鞋套拿给他穿，这种小伎俩对阅人无数的营销人员来说甚至成了一种本能。"

堂仕文深以为然地点点头："那就将他加入嫌疑人名单，对他进行更彻底的调查。"

他掏出手机，拨了尤新知的号码："接下来我们看看从尤新知口中能打听出什么，这家伙的嫌疑也很高。"

电话很快接通了，从那边传来一个清脆的女声："您拨打的电话已关机……"

"大白天的不去上班，手机还关机？这家伙不会畏罪潜逃了吧？"

"不会吧，我们都没有和她接触，甚至是今天才知道有这个人的存在，她应该没这么惊弓之鸟吧？"

堂仕文联系了局里的同事，让他们帮忙调取尤新知这两天的身份证使用记录，没发现她购买的车票或者机票。他又让同事查到了尤新知的住所，通知最近的同事去她家查看，但是始终没有人应门。

"这个家伙去哪里了……"堂仕文喃喃自语。

"说不定人家的男朋友正在帮她按摩肚子，她不方便接电话。"刘辞往笑了笑，"现在急也没用，你又不可能通缉她，只能等了。"

堂仕文叹了口气："只好这样了。"

与此同时，在城市的某个奶茶店里，一名头戴渔夫帽的女子正饶有兴致地打量着对面的男人，对方浑身上下散发着一股机油的味道，皮肤粗糙黝黑，宛如一个即将报废的机器人。

"张家富，对吧？"得到肯定的回答后，女子打量了男人好一会儿，看得他心里发毛。

她用吸管搅拌着奶茶，底下的珍珠在饮料中打着旋儿："杨璨璨当年的事情，有你一份吧？"

听到女子的话，张家富表现得不明所以："你说谁？"

"你已经忘了她的名字了吗？"女子无声地笑了笑，"那我提醒你一下吧，一九九八年，迷奸……"

听到"迷奸"这个词时，张家富登时面无人色，他想站起来，身子却不知为何僵在了半空。

"你……你是……"

女子又笑了笑，张家富感觉一只硕大的人面蛛正在他面前逐渐舒展身体，露出腹部的那张脸，随时准备扑上来杀死猎物。她撑起身子，脸凑近了张家富，渔夫帽的帽檐顶到了他的脸，吓得他往后一缩。

"告诉我那晚的真相！"女子正了正被碰歪的帽子，咧了咧嘴角。

第二天，噩耗再次传到 G 市公安局。市区内一栋老房的三楼里发现了第二名受害人。报警的是一名普通女性住户，她在路过死者家门前时闻到了腥味，随即发现大门虚掩着。好管闲事的性格让她偷偷往房里瞄了瞄，里面的血腥景象把她吓了一跳，她立即用手机报了警。

爬满黑灰的墙壁上，褐色的血迹在斑驳的污渍中隐藏着，窗户上不知怎么弄上去的邋遢印记将大部分阳光隔离在屋外，原本就昏黑的房间变得更加阴暗。这是一间简陋的单间配套房，床靠墙放着，与窗户之间隔着一张桌子，缺了一条腿的椅子靠

98

在桌前。

男人倒在地上，脖子上印有一对青黑色掌印，一柄水果刀倒插在胸口，绘着红色獠牙的口罩也同样被贯穿，那张血盆大口似乎把锋利的刀刃吞入腹中。血液在尸身下方汇聚成河，遍布房间所有落脚处，其间还夹杂着各种各样不同的脚印。

"死者张家富，男，四十八岁，是一名工厂工人，死亡时间推定在八月二十日二十一点至二十一点半，具体时间还需要进一步解剖才能确实。死者身中六刀，致命伤在心脏，凶器是尸体上插着的这柄水果刀，从其样式来看不像死者家中的物品，怀疑是凶手从外面带来的。"法医向堂仕文报告。

堂仕文蹲下身，仔细看着地上凌乱的足迹："这些脚印应该无法做对比吧？"

"是的。"负责痕迹勘验的警察说，"这些脚印上都没有鞋底的纹路，猜测凶手在行凶前曾经穿上了鞋套。"

"那能推测他的身高吗？"

"可以，大约有一百七十五厘米。"

刘辞往说："可以并案了。"

堂仕文不置可否："只凭一个身高，还欠说服力啊。"

"根据我的画像，我有八成的把握，这个凶手和韦随荣案的凶手是同一个人。这一次他只用了六刀就解决了张家富，说明他的犯罪经验在随着行凶次数的增加而积累……"

"辞往，犯罪心理画像纵然能够对破案起到很大的帮助，但那毕竟是一种主观上的推断，并案需要的是客观证据的支持；否则逻辑链无法成型，会影响警方对案情和凶手的判断，严重一点的甚至可能会造成冤假错案。"

"堂队，你过来看看这个。"听到有人招呼，堂仕文拍了拍刘辞往的肩膀，走了过去，只见一个警察正用黑布包裹住自己的头，趴在桌边看着什么。堂仕文接过他递过来的黑布，也用同样的姿势端详起桌子，在黑暗中，桌子靠床方向的边缘泛起一片淡淡的蓝色光芒。

"鲁米诺反应吗……说明这里曾经沾上了一部分血迹，后来被凶手擦掉了。"堂仕文取下黑布，"可是现场明明那么多血迹，凶手为何单单擦掉这一块？"

"说不定这不是死者的血迹，而是凶手的。"刘辞往走到他身边。

"有道理，凶手和张家富在搏斗中受了伤，血迹沾在了桌子上，他为了不让自己的DNA被提取，所以把它擦掉了。"堂仕文双手击掌，"鉴证科的人在吗，过来取样回去检验。"

"堂队，我们在椅子上发现了刀痕。"又有人叫道。那名警察将椅子倒置，一条椅子腿的内侧有一道很深的痕迹，由于位置比较隐蔽，不仔细看根本不容易发现。

"看来死者就是通过这个和凶手展开搏斗的，凶手一刀劈在了椅子上，留下了这个刻痕，椅子腿也是在搏斗过程中断裂的。"堂仕文突然想起那柄水果刀有一点卷刃。

这时又有人进来了："堂队，我们调取了周围的监控，找到了疑似凶手的嫌疑人，请过来查看。"

一行人来到了位于小区门口的保安室。由于小区是几十年前建的，设施都比较老，一般很少会遭贼，因此只有一个低清的监控摄像头安装在小区大门口。警方根据推定死亡时间调取了监控录像，很快就发现了那个熟悉的身影。

当晚九点十三分，一个戴着黑色鸭舌帽和白色口罩、身着黑衣黑裤的男子出现在了小区大门口，裤腰上那条蓝白相间的带子证明，这条裤子与三天前杀害韦随荣的嫌疑人身上穿的是同款，也间接证明了两人是同一个人。不过与上次不同的是，他斜背着一个工具箱，看起来是那种装修工人常用的款式。

"看来凶手是假扮成修理工敲开张家富家的门的。这种老房子年久失修，有修理工晚上上门也不奇怪。"

刘辞往补充道："那个箱子看起来很轻，估计里面只放了凶器——也就是那柄水果刀。"

半小时后，男子快步离开了小区，身影消失在监控画面中。

"这次用的时间比上次长，很可能是因为凶手和死者之间发生了搏斗的缘故。"刘辞往说。

"是的，张家富的脖子上发现了指印，可能是因为两人在搏斗时，张家富用椅子击飞了凶手的水果刀，凶手只能赤手空拳地将张家富掐晕，再捡回水果刀，将其刺死。"堂仕文收起随身携带的笔记本，"这次的现场痕迹和监控录像都能够证明两起案件的凶手是同一个人，可以并案调查了。接下来我们要去调查周围的监控和张家富的社会关系，你要一起来吗？"

"今天就算了，我太累了，想回去休息。"刘辞往摆摆手，眼尖的堂仕文看到了他右手手腕处的瘀青。

"你的手怎么了？"

刘辞往伸出手给他看："你说这个呀，昨天晚上我离开'纸之时代'之后，在回家的路上遇到一个闯空门的，和他打了起来，不只是手腕，浑身上下都受了伤。"刘辞往说着撩起衣服，这猝不及防的祖胸露乳让堂仕文有些别扭。

"跟你说多少遍了，见义勇为是好事，但是我们更提倡见义智为。"堂仕文像一个老妈妈，一副苦口婆心的样子，"如果你真的有个三长两短，你的家人怎么办？”

“放心，我相信好人有好报，我惩罚过这么多凶犯，上天都知道的。”刘辞往爽朗一笑，“况且，要是人人都想着明哲保身，遇到危险就没人敢站出来，社会的安全不可避免地会受到影响，你们警方的办案压力也随之增大，现在基层警力本来就捉襟见肘，再给你们添麻烦，社会大众的安危更不能得到保障，这不就是一个恶性循环了吗？”

堂仕文哑然半晌，笑了笑：“好吧好吧，说不过你小子，不过你可给我记住了，千万要给我注意自身安全！”

“放心吧。”刘辞往收敛了笑容，“在抓住杀害我父母的凶手前，我是绝对不会死的！”

出乎意料的是，调查进展得异常不顺利。

张家富所在的小区位于老城区，在想方设法谋求发展的 G 市中显得落后且破旧，天网并未延伸到这个角落，通过主干道上的摄像头对嫌疑人进行追踪也就成为奢望。张家富曾经是一个混迹街头的地痞流氓，因故意伤害罪坐过几年牢，出狱后发现原本围绕在他身边的狐朋狗友们早已树倒猢狲散，而被他故意伤害的受害者也早已搬离了 G 市，在新的环境展开全新的生活。

几年的牢狱之灾让张家富的性格产生了很大变化，他不再像往日那样飞扬跋扈，而是真正地洗心革面，通过在监狱里学的手机维修手艺和政府支持刑满释放人员再就业的政策，在家附近开了一个手机店。随着智能手机的普及，这几年他的生意一直都足够糊口，再加上他做人实诚、能说会道，和周围的商户居民关系都很好，警方根本就没查到他和别人发生过冲突。

"怎么会有这么奇怪的事！"办公室内，堂仕文不停用手指敲着桌子，发出富有节奏感的"哐哐"声。

"你都敲了一个上午了，消停一会儿吧！"刘辞往有些不耐烦。

"你说说，凶手为什么要把张家富这样的人给杀了？以前被他伤害的人都在外地，没有查到受害者或者其家人最近到访 G 市的记录。他的邻居朋友对他的印象都出奇的好，就差推选他为五好公民了。根本就不存在一个有动机杀他的人！"

"你调查过我妈的大学同学吗？有没有这个人？"

"这点我们早就想到了，可是张家富初中毕业就辍学了，哪来的机会跟你妈同校。"堂仕文搔了搔头发，"监控和社会关系的路子都被堵死了，还有什么地方可以作为突破口……"

"干脆把韦随荣案作为突破口，怎么样？"

"你的意思是……"

"很明显，这是一起连环杀人案，凶手先后杀掉韦随荣和张家富，这代表着他们之间有某种联系，只是我们暂时还未发现而已。既然张家富案没有线索可以调查，不如专心调查韦随荣案，从中锁定嫌疑人，进而与张家富案的已知条件进行比较，确定最终的凶手。或者说……"刘辞往似乎想到了什么，沉吟了一会儿，"你读过阿婆的那本名作吗？"

"阿婆？那是谁？"

"阿加莎·克里斯蒂，与埃勒里·奎因、迪翰·狄克森·卡尔并称为古典时期'三巨头'的英国侦探小说女王，她曾经开创过许许多多令人叹为观止的侦探小说模式和手法。"刘辞往说，"而她的某一本书里面，写过一个十分精彩的杀人动机。案件一共有三个死者，警方十分肯定三起案子乃同一人所为，可是他们根本找不到凶手的动机。后来著名的侦探赫尔克里·波洛经过缜密的推理得出结论：凶手真正想杀的只是其中一人，可他故意杀了两名无辜者，就是要掩盖自己真正的犯罪动机，从而洗清自己的嫌疑。"

"你是想说，本案的凶手很可能也是出于这个考虑？"

"如果不是这样的话，我想不出其他合理的解释来说明这两起案子之间的巨大差异。"

"可是现实生活中真的会有这种人吗？只是为了掩盖自己的嫌疑，就狠心杀掉其他无辜的人。"

"他可是那个红衣天使的模仿犯，很可能是你们十年来都没有抓到的，杀害我父母的残忍凶手！"刘辞往咬牙切齿地说，"这样的人无论做出什么事，我都不会觉得奇怪。"

"现在还没有直接证据能证明他和十年前的凶手是同一个人……"

"除了十年前的凶手，谁还有闲心去模仿那个早就过气的红衣天使？"

就在两人僵持不下时，一通电话打断了他们。堂仕文接通了手机，听着那头传来的声音，表情逐渐变得开朗："我知道了，你把地址发给我，我马上赶过去！"

"查到什么新线索了？"

"你听过'董菁'这个名字吗？"

"在我妈日记本里看到过。是她的大学同学，对吧？"

"是的，刚才负责调查韦随荣社会关系的警员向我报告，董菁大学毕业后就去外地打工了，上周回到了 G 市。她刚回来韦随荣就被杀了，这其中会不会有什么关联？"

两人上了车，朝着目的地开去。董菁在外地工作长达二十年，最近打算回老家 G 市生活，所以用积蓄在市区买了一套房。这套房的位置不太好，距离市中心有一段距离，堂仕文开车用了半个多小时才到楼下。

上到五楼，堂仕文按了门铃，随即一个中年女人把门打开了。刚见到她，刘辞往就略略吃惊，这个女人和她母亲年龄相仿，按理来说现在应该在四十三岁上下，可是从外表看她仿佛躲过了时间女神的魔法，也就三十来岁的样子，皮肤保养得很棒，颇有半老徐娘风韵犹存的感觉。

"你好，我是市局刑侦队的堂仕文。我的同事之前跟你打过招呼的。"堂仕文亮出警官证，"能让我进去一下吗？我有些事想问你。"

董菁不发一语地将两人让进屋。房子是新装修的一室一厅，还有未散尽的油漆味在空气中弥漫。她示意两人在沙发上坐下，在饮水机前拿了两个一次性纸杯，给两人接了水。

"你们是为了韦随荣而来的？"她坐在他们对面，跷起二郎腿，紧身裤被绷出几条勒痕。

"是的，你应该知道他被杀了，我想问问你最近和他有来往吗？"

董菁低下了头，肩膀微微抽动着，堂仕文以为她是为了韦随荣的死而伤心落泪，刚想出言安慰，谁料一连串咯咯的笑声从她嘴里传了出来。她抬起头，原本被隐藏得很好的皱纹在笑容之下暴露无遗。她笑得近乎癫狂，到后面连腰都直不起来，只能蜷缩在沙发的角落，看得刘辞往和堂仕文都傻了。

"董女士，你……"

"不好意思，我太高兴了！"她艰难地回了一句，然后又笑了起来，足足过了一分钟，她才渐渐恢复平静，重新坐了起来。

她整理了一下衣服，从手包里掏出一盒女士香烟点燃，轻轻吐出一口烟雾："让你们见笑了。"

"你刚才的反应是……"

"说出来也不怕你们知道。"董菁凝视着自己的黑色美甲，"我恐怕是世界上最希望他死的人之一。"

"从何说起？"

"韦随荣是我的前男友——或许应该说，是众多前男友之中的一个，我们俩在大学里开始交往，感情好得不得了，我一直以为我们会携手走到毕业，然后结婚。现在想想，当时自己还是太年轻！"董菁用力吸了一大口烟，开始给两人讲述那段令她不堪回首的往事。

大学周边的招待所条件都不是太好：不大的房间、沾满污渍的被单、昏暗的日光灯，可这些都无法阻挡络绎不绝的热恋情侣。

董菁赤身裸体地躺在床上，看着撑在自己上面的韦随荣，双颊染上了一层潮红。随着他的唇轻轻落在她的颈部、胸口和小腹上，那层潮红变得愈加浓郁，她无法自持地发出微微的喘息声。

韦随荣盯着她的眼睛，嘴里呼出的温热空气拂过她的脸："把第一次给我，你后悔吗？"

董菁伸手环住他的脖子："反正新婚夜那天迟早要给，不如现在就把我全部交给你。"

韦随荣似乎有些感动，他给了董菁一个长长的深吻，让她几乎窒息。

"不过咱们没有准备避孕套……"董菁有些担忧，"不会怀孕吧？"

"放心，我不射进去就是了。"韦随荣温柔地抚摸着她的秀发，"再说，就算怀了又怎么样，我们到时候就奉子成婚，一起把他养大！"

董菁紧紧抱住了韦随荣，似乎要把他揉进自己的身体里，她疯狂地吻着他，他也热烈地回应着，喘息声越来越响，然后是一声略显痛苦的叫声，房间内保持了数分钟的沉寂，接着刻意压低的呻吟声再度响起，到后来声音越来越无法压抑，直到最终变成了绵长的尖叫……

从那以后，董菁和韦随荣之间的关系愈加亲密，两人无时无刻不黏在一起，让旁人都感到发腻。当搂着韦随荣时，董菁感觉自己是世界上最幸福的女人。

可惜这种幸福感只维持了三个月。

一段时间后，董菁每天都觉得腰酸腿软，还经常干呕。当这些症状持续了超过一周后，她感到担忧，去了医院进行检查。

"不知道该不该恭喜你，你怀孕了。"那位老医生不咸不淡的话语至今还刻在她的脑海深处。

董菁怀着复杂的心情走出医院，有些害怕，又有些激动。可是当她见到韦随荣时，所有的感情都变成了悲愤。

"去打掉。"韦随荣毫不犹豫地说。刚开始还是晓之以理动之以情，但在被董菁反驳了几句之后，他开始大吵大嚷。"钱我来出，但是孩子必须打掉！"

董菁自己也不知道为什么听了韦随荣的话，找到一家医院，用韦随荣给她的钱缴了费。护士麻利地帮她换上衣服，推她进了手术室。董菁看到了放在床头的那台像绞肉机一样的器械，护士说要把那个东西通过生殖器塞入子宫，将未成型的婴儿搅碎，之后再排出来。

看着护士冷漠的脸，董菁突然觉得背脊一阵恶寒。她想要离开手术室，逃离这个阴森恐怖的地方，但是麻药已经开始起作用，她觉得浑身酥软，一点气力也使不上，到后面意识也开始模糊，脑海里残留的最后印象就是无影灯下，一个戴着口罩的医生缓缓朝她走来。

手术进行得很快、很顺利。董菁没有选择住院休养，而是直接办了出院手续，原因很单纯：她想帮自己未来的丈夫——韦随荣省钱。

可当她拖着疼痛和疲惫的身躯走出医院时，却看到一个熟悉的身影。韦随荣和一个陌生女孩手牵着手，有说有笑地走过她面前。

"随荣……"董菁声音沙哑地叫着。韦随荣回过头看见她，明显吓了一跳，做贼心虚地移开了目光，不敢与她对视。

"你不是说今天有很重要的事情，所以不能陪我来医院吗？"她的眼里噙着泪水。

"我……"

"你这个贱人！"董菁突然发难，她冲到他身边的女孩身前，一巴掌就甩在女孩脸上，登时一个鲜红的五指印出现在女孩的左脸颊。

"你干什么？！"谁料，第一个发难的不是被打的女孩，反而是韦随荣。他一改之前和董菁相处时的温柔模样，气势汹汹地跨出一步，将两人隔开，接着伸手一推。董菁刚做完手术，身体赢弱，竟然被他推倒在地。

坐到地上的一刹那，震动将子宫的痛楚放大无数倍，可相比起这钻心的疼痛，董菁觉得自己此时的心痛压过了所有生理上的疼痛。她抬头望着韦随荣，无助而哀怨。

"我们分手吧。"韦随荣冷冷地说，连之前的窘迫和愧疚都一扫而空。

"你不是说过……"

"那都是骗你的！鬼知道你怎么这么容易怀上。"说后半句时他压低了声音，像在小声嘀咕，又像在埋怨，"我会打一笔钱到你的账户上，就当是给你补补身体，以后你就别来找我了。"说完，韦随荣主动牵起女孩的手，头也不回地走了。

"你知道我当时有多绝望吗？"即使过了这么多年，提到当年的遭遇，董菁还是压抑不住内心的愤恨和激动，她用好似自嘲又好似怜悯的语气说，"他们走后，我在路人的注视下哭了足足十分钟。我打他BP机他也不回，找了公用电话打去他宿舍，他的室友都说他不在，我只能去他宿舍门口等他，可是等到半夜也没等到他出来见我。当时大冬天的，我在冷风里跪着痛哭，泪痕被风吹得冰凉。最后连门卫大爷都看不下去了，借了他的宿舍给我，否则我可能真的会哭晕在那里。"

"所以你非常恨他，恨不得他去死？"刘辞往问。

"如果只是因为这件事，那还不至于。"董菁弹掉了烟灰，"大学毕业后我为了忘掉这段经历，背井离乡到外地工作。在新城市里我结识了很多新朋友，也遇到了我的爱人，我们谈恋爱，接着顺利地结婚。他知道我的过去，虽然有些介意，不过还是接受了，这也让我认定他正是值得我托付终身的人。"

"后面发生了意外？"堂仕文听出她话里有话。

董菁的目光飘到了窗外，似乎在凝视着距离自己很远的一个人："但是结婚三年，我们都没有小孩。我们去医院检查，得知是那一次流产让我的身体受到了损害，导致我再也无法生育。也就是在那次之后，我的丈夫变了。

"他开始每天都晚回家，到后面甚至变本加厉、夜不归宿。他对我说这是因为他的工作太忙了，可是我从他身上的女人体香就能知道，他在外面有女人了！"董菁不屑地哧了一声，"原来当初信誓旦旦地说会爱我一辈子的男人，到头来只是把我当成一个生育工具？我和他离了婚，也是从我在离婚协议上签字的那一刻起，我再也不相信爱情了。"

接着，董菁的脸上毫无征兆地扬起一副媚态："所幸上天剥夺了我的幸福，却给了我不易衰老的身体。我在各个男人之间辗转，他们要我的人，我要他们的钱，各取所需，公平交易。几年下来我攒了不少钱，这才结束了在外漂泊的生活，回到 G市买了这套单身公寓。"

香烟顶端冒出的灰色烟雾像一条细蛇，在空气中扭动着、盘旋着，然后慢慢散开成一团迷蒙的雾气，把董菁的脸遮得竟有些让人看不真切。

"也就是说……"堂仕文压低了声音，"我可以认为，你有充足的作案动机？"

"为什么不呢？"她用很小女人的姿态撇嘴摊手，"我非常想让韦随荣死，假如有可能，我一定会亲手杀了他！"

"也就是说，韦随荣不是你杀的？"

"很遗憾，虽然我很想承认，可惜真的不是我动的手。"

"八月十八号二十三点以后，你人在哪里？"

"开始调查我的不在场证明了吗？"董菁将燃尽的烟头扔进烟灰缸，"这几天我一直在家打扫，根本没出去过，不信你可以查查楼道口的监控。"

"你明明知道这个小区刚刚交房，物业还没到位，所以监控没开。"

"那就没办法了。"董菁耸耸肩。

与董菁作别后，两个人回到车里。

"她有可能是凶手吗？"堂仕文喃喃自语道。

"不好说，你注意到她的身高了吗，目测超过一百七十厘米，在女性中绝对是难得的高度，更重要的是……"刘辞往望着他，"这符合凶手的身高。"

"男人和女人的体形还是有差别的吧？"

"是的，我也一直在考虑这个问题，不过你过来看这个。"刘辞往将韦随荣案的监控录像调出，指着电梯中的凶手。"你看这个人的身材，是不是偏瘦？"

堂仕文这才注意到，视频的角落里，那个人的手臂漏了出来，看样子并不粗，肩膀也显窄，确实是偏瘦的体形。之前他们一直将注意力放在凶手的身高上，而且看得多是走廊里的监控，那部分并没有如此清晰的特写，所以他忽略了这一点。

"这个身材，有可能是偏瘦的男性，也有可能是标准体形的女性。"刘辞往笃定地说，"凶手戴着口罩，我们无法从面部特征判断他的性别。倘若凶手是个平胸的女性，再束个胸，这一切也都是解释得通的。

"不仅如此，张家富案中，死者和凶手进行过搏斗，董菁在气力方面肯定敌不过张家富，所以即使拿着刀也占不了上风，花费了不小力气才杀了他。这点和现场的状况也吻合。"

堂仕文双手撑在方向盘上："你说得有道理。要是这样的话……"他的脑海里闪过了郭博城瘦削的身材，"目前出现的嫌

111

疑人就都对得上号了。"

入夜，辛勤工作的人们回到家中，享受着短暂而温馨的家庭聚会，万家灯火映照出一派祥和气氛。

"吃得好撑啊。"刘辞往靠在椅子上，揉着自己胀大的肚子，"都怪你，今天的菜煮得这么好吃，害得我一不留神就吃了好多。"

"我还不是看你这两天一直跟着堂警官办案，想犒劳犒劳你。"温澄在洗碗池边刷着锅。

"那我觉得亲亲抱抱举高高比好吃的有吸引力多了。"刘辞往走到她背后，搂住了她的腰。

温澄毫不领情地挣脱："你妨碍到我洗碗了。"

"那你先洗着，我出去散个步。"

"你等我一下，我马上就洗好了。"

"没事，我想自己静静。这两天脑子太满，我想放空一下，等缓过来之后再梳理一下案件的脉络。"

温澄有些不高兴地嘟嘟嘴："好吧，那你早点儿回来。"

刘辞往趁机啄了一下她的嘴唇："放心吧，我很快就回来。"

他关门离开。温澄一边哼着歌一边洗碗，忽然听到了熟悉的手机铃声，连忙用碗布擦干手，在沙发垫子之间翻出了刘辞往的手机。

这家伙连手机都忘了带。温澄心想。他应该还没走远，去给他送过去吧，万一是堂警官找他有事就耽搁了。

她跑下楼，刚冲出小区，就发现刘辞往上了一辆出租车。她想叫住他，车子却已扬长而去。

不是去散步吗，坐出租车算怎么回事？她看见距离小区大门更近的地方也停着一辆出租车，于是走过去敲了敲驾驶座的车窗说："师傅，请问刚刚是不是有个和我差不多大的小伙子来找您搭车呀？"

师傅按停了车里放着的农村重金属乐说："是啊，可是他去的地方太远，我马上就要换班了，所以让他去找停在那边的车问问。"

"他想要去哪里？"

"冬晨花园。"

这个地址是……刘辞往名下的另一幢房子？温澄望着出租车消失的方向，面露疑惑。

二十分钟后，刘辞往从出租车上下来，掏出钥匙走进了家中。打开卧室灯，他看到了床上的那个女人。

女人成熟而性感，紧身的衣服凸显了她的身材曲线。她察觉刘辞往的到来，睁开眼睛，身子在床上扭了扭，宛若水蛇。

刘辞往坐到床边，捏着女人的下巴说："等急了吧，我回来了。"

第八章　杨璨璨的日记（4）

1998 年 12 月 25 日星期五 雷暴

"密室？"我咀嚼着这个词的含义。

"你忘了吗？是你亲手拉开门的插销，放警察进去的。"李文沉声说，"后来我们检查了招待所房间的窗户，它是从里面锁上的，而且外面还有一层防盗窗。也就是说，倘若你真的是被人迷奸的话，那人就是从密室中蒸发了！"

"这……怎么可能……"我发疯似的抓住李文的手，不断地摇晃着，"你们真的每个角落都检查过了？洗手间里、窗帘后、床铺下……怎么可能没人？！"

李文轻轻拍了拍我的手背："三个警察在现场仔细搜查过了，但是真的连一个人影都没找到。"

不可能的，这绝对是不可能的！如果房间被锁上，里面除了我又没有其他人，那究竟是什么东西迷奸了我？！我感觉全身的力气都被抽走了，整个人像一具失去灵魂的躯壳，慢慢滑下椅子。李文反应迅速，急忙拉住了我："杨小姐，你没事吧？"

"怎么可能没人……"我无意识地重复着这句话，"难

114

道我在做梦？"

"杨小姐你冷静点！"李文用力捏了捏我的手臂，我这才回过一点神来，目光呆滞地望着他。

"你先回忆一下昨晚究竟发生了什么，之后的密室之谜，我来帮你想办法！"

听了他的话，我燃起了一丝希望，开始努力地回忆昨晚发生的事。

"今晚有空吗？陪我出去喝两杯怎么样？"听到电话那头传来的刘隐疲惫不堪的声音，我产生了一种说不清道不明的感觉。自从上次毕业聚餐被我和韦随荣醉酒搞砸了之后，我就对喝酒产生了强烈的抵触情绪，但是这半年的工作让我感到了很大的压力，如果不去酒吧发泄一下，或许会对身心产生不好的影响。

不过更深层的原因是，虽然我很信任刘隐的人品，知道自己不必担心因为喝醉了而被他做些什么，可他毕竟是被我拒绝过的人，一想到要和他去那么暧昧的场所，心里终究还是有道坎。

这样做会不会给他错误的暗示，让他以为自己还有希望呢？

就在我纠结之时，他又开口了："我今天心情不太好，想来想去能说话的只有你了，你别拒绝我好不好？"

印象中刘隐虽然话不太多，但是绝对是一个足够坚强的人，能让他露出这种受伤模样的事情……我心软了，想了想，最终还是回了一句："好吧，时间地点给我。"

晚上十点，一身休闲冬装的我站在了奔特酒吧门口，被隔音玻璃压抑的音乐声仿佛一头野兽正在低吼，五光十色的射灯在店门口徘徊，把气氛渲染得狂野又暧昧。

酒吧分为很多种，我喜欢去的是以轻音乐为主、比较安静的清吧，这种充斥着烟酒味和富有节奏感的DISCO音乐的D吧却是我从没来过的。当我听到奔特酒吧的名字时，就有些后悔答应刘隐的邀约了，我不喜欢这种氛围，男男女女像疯了一般在舞池里摇摆和摩擦，就像一群欲求不满的动物在寻找合适的交欢对象。

但我最终还是来了，不知道是对已经答应的事不好意思反悔，还是在意刘隐的低落情绪。

走进大门，被隔音玻璃阻断的音波像潮水一般涌来，犹如野兽的狂妄咆哮，震得我整个身子都在微微颤动。灯光照射处白气缭绕，那是干冰混合着二手烟形成的烟雾。

我皱了皱眉头，径直朝着约定好的3号桌走去，一个长发男人背对着我靠在椅子上，酒保正站在旁边等他点单。我把包往对面座位一扔，坐了下来："你怎么选了这里？"

"杨璨璨？"男人一惊，我这才看清对面这个男人的脸，居然是韦随荣。

"怎么是你？"

"我还想问你呢，刘隐那小子呢，不是他叫我出来的吗？"韦随荣似乎仍然对之前的事耿耿于怀，说话很冲。这半年我没见过他，本来还想等过一阵子双方都冷静了之后再找他出来好好聊聊，不让这件事在双方心中留下太多芥蒂，谁知任凭我怎么联系，打电话也好亲自上门也好，韦随荣根本就不理我。我也不喜欢热脸贴冷屁股，因此也不再和他联系，本来关系很好的两人就这么断了来往。

听到韦随荣的语气，我原本就不太好的心情更加阴郁。我板着脸说："我怎么知道？我也是被刘隐叫出来的！"

韦随荣被我一呛，菜单一扔，直接对酒保喊道："我还是老喝法！"

这时，我的BP机震了震，显示出刘隐的号码。我找到前台借了电话，刘隐的声音从那头传来："璨璨，路上有点堵，我可能要晚二十分钟才能到，你们先在那里等我，具体的等我到了会解释清楚的。"

我没有办法，也只得随便点了杯鸡尾酒，然后和韦随荣一言不发地坐在那里大眼瞪小眼。嘈杂的环境中，我们这一桌似乎是一个隔离区，所有的纷扰都被阻断在外，只剩下静默和尴尬。

不知过了多久，正当我想开口说些什么的时候，两个小混混模样的人走到桌前，完全不理会韦随荣，把我围了起来，其中一个坐在我对面，挤眉弄眼地问："这位小姐，有没有兴趣陪我们喝两杯？"

我根本不看他们："没兴趣。"

"兴趣可以慢慢培养嘛。"小混混说，"说不定待会你就会很有'性'趣了！"最后的几个字咬得很重，很容易让人联想到龌龊的文字游戏。

韦随荣一副看好戏的样子。我有些惊慌，如果这些人想用强的，我根本没法反抗。

就在我着急想办法脱身之际，刘隐的身影出现在我面前。他一瞬间就明白了眼前的形势，把两人拉去一旁，好言好语地说了什么，最后还招呼酒保给他们打包了一扎啤酒，小混混们终于满意地离开了。

刘隐坐了下来："酒吧里的小混混最好别惹，这里光线不好，被惹急了人家直接捅你一刀就跑，根本没人认得清犯罪者长啥样。"

我并不理会他，劈头盖脸就问："你把我们叫来究竟是什么意思？"

刘隐有些尴尬地摸摸鼻子，喝了一口韦随荣的酒："其实我是觉得，你们两个关系原来那么好，为了一点小事老死不相往来很不值得，大家都是成年人了，有什么事不能坐下来好好谈谈呢？俗话说，出门在外多一个朋友多一条路子，以后指不定能互相帮上忙呢。"

"所以你是想当和事佬？"韦随荣问。

"没错，你们俩都是我的好朋友，我不想你们就这样下去。"

"我还以为什么事呢，之前你电话里装得挺像啊。"我"喊"了一声，"不是我不想和他好好相处，是他单方面不理我的。"

"我们这个关系，还能做朋友吗？不做仇人就不错了！"韦随荣狠狠地灌了一口酒。

"你看，不是我不愿意，是他韦大公子不给面子。"我故作无辜地摊开手。

"随荣，你这是何必……"

"你别说了。"韦随荣重重地把酒杯砸在桌上，站起身，"我先走了，这里待不下去了。刘隐，以后别费心思安排这种聚会了，没用的！"说完头也不回地离开了。

刘隐不好意思地冲我笑笑："对不起啊，他就是这个样

118

子，你在这等我一会儿，我去送送他。"随后也跟着跑了出去。

我撇撇嘴，边喝边无聊地打量着舞池里的男男女女，然而，一种奇怪的感觉却在不知不觉间遍布全身。

那是一种暖意，就像是浑身泡在装满热水的浴缸里，很舒服很惬意，全身的肌肉都松弛了，根本使不上一点力气，让人只想沉沉睡去；但同时，在这暖意之中我又感觉到一丝丝燥热，有种脱掉身上衣服的冲动，我想找到一个人，一个可以用尽全力拥抱的人。

我这是……我想去洗手间洗把脸，谁料沙发却像有魔力般让我牢牢陷在其中，我只觉得所有的音乐和景象都如同飘忽的幻象，在我的脑海里徘徊，灯光好迷离，声音好安眠。

我头往后仰，陷入了昏迷。

"之后的事情你们都知道了。"我整个人蜷缩进椅子里，嘴唇和墙壁一样苍白，好像被冻得瑟瑟发抖的流浪狗。

"也就是说，犯罪分子在你的酒里下了迷药。"李文分析道，"你有没有注意到谁曾经碰过你的杯子？"

我摇摇头，已经开始有些说不出话。

"不过至少目前有一点你可以放心，你这个情况不会被认定为卖淫，现场证据不足。"李文笃定地说，"我明天就去查查酒吧的监控记录，看看能不能查到那两个混混的身份，从你的描述来看，如果不是酒保在酒上桌之前下药的话，那就只有可能是那几个混混在调戏你时趁乱下的

119

药了。"

就在这时，有一名警员敲门进来，递给李文一份厚厚的文件，还在他耳边低语了什么。李文低头翻阅了一会儿，告诉了我调查的最新进展。虽然酒吧里光线不好，而且客人很多，不过警方连夜追查，终于找到了那两个混混：张家富和林强。他们对两人进行了审问，不过得到的答案都是一样的，两人只是像往常一样来奔特酒吧蹭酒喝，刚巧看上了我，一时兴起上来调戏，后来被刘隐拦了下来，仅此而已。

"那我被迷晕后被人抬出酒吧的画面呢？监控有没有拍到？"

李文苦笑了一声："经过调查，酒吧一楼的洗手间防盗窗两天前坏了，被拆卸下来之后还没有装上新的，一个人翻进翻出根本就绰绰有余，想必犯罪者就是从这里进出的。"

"怎么可能这么巧？！这根本就像……"

"就像有人刻意为之。"李文说，"无论是混混的出现也好，酒吧的防盗窗也好，都是有人精心设计的，目的就是为了密室迷奸案做铺垫。我做了这么多年警察，不可能这点不正常都发觉不了。"

"那你打算怎么办？"

"请你放心，我们已经立案，先期警力已经派出去了，我听完你的口供之后马上就去现场。"

此后，我在询问室里坐了不知道多久，终于等到了收队回来的李文，他给了我案发现场的平面图和洗手间的结构图，以及一个便携式录音机。由于录像机是奢侈品，但是仅凭照相机不能完整地记录现场的状况和警方的办案思

120

路，用笔写又太慢，于是有条件的警队就准备了这样的录音机，让现场搜证人员可以随时录下自己的看法。我凭记忆将录音内容和对应照片的状况写了下来，希望以后能够派上用场。

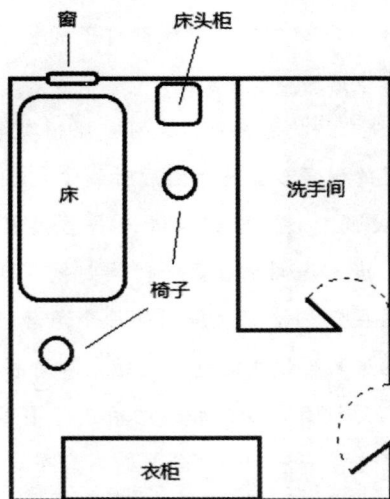

招待所平面图

录音机开始播放，李文的声音回荡在询问室。

"下面开始记录调查情况，时间为 1998 年 12 月 25 日 6:38，地点为酒夜招待所。以下内容与现场取证照相对应。现场区域一：卧室；具体位置：房间正门；物证：插销。"李文的声音经过机器的过滤，显得不太真切。对于这一段录音，与之相匹配的现场照片是招待所房门上的插销，图片中的插销上布满红褐色铁锈，没有太多剥落的痕迹。这个插销最近应该没有被拆卸过。

接着录音机里传来一阵走路声，李文从房门口走到了房间里面。

　　"现场区域一：卧室；具体位置：房间窗户；物证：滑槽上的钉子。"这次我可以从另一张照片中看到一扇沾满污垢的窗子，这是房间除了门以外唯一能通向外面的通道。窗户是平推式的，出于防盗考虑，招待所在滑槽上打了个钉子，这样一来窗户就只能推到钉子的位置，仅仅能产生一个供人手伸出的空当。

　　"钉子没有被拔起的痕迹，可按照杨璨璨的说法，她是被洗手间里的水声吵醒的，之后听到了我们警方的敲门声，于是穿好衣服，下床把门打开——插销那个时候是锁上的；而我们进入房间后就第一时间封锁了现场，确认窗户打不开之后便仔细检查过房间的每个角落，绝对不可能有人玩'藏在房间里趁我们进入现场之际偷溜出去'的把戏。钉子和插销都没有近期拆卸过的痕迹，不可能在上面做什么手脚，但这样一来……"李文的声音在这里顿了顿，"现场就是一个密室了。"

　　听声音像是李文使劲地挠了挠头，随即大声问："这次的勘察发现了什么证物？"

　　一个警员的声音在远处响起："报告李队，刚才我们已经把现场床头柜的现金、房门钥匙以及嫌疑人——我是说，受害者的随身物品转交给物证科的同志，目前正在采集上面的指纹和细微痕迹。"

　　"现场遗留的避孕套呢？"

　　"也已经转交了，现在正在做表面阴道液和里面精液的DNA 提取工作。"

　　"现场还发现了什么有价值的线索吗？"

"我们在洗手间发现少量毛发缠绕在地漏处，从长度和发色初步推断其属于受害者，具体的还要等物证科的比对结果。"

"杨璨璨说她醒来后只是在洗手间门口看了一眼而已，并没有走进去，这样一来她的头发是不可能缠在地漏上的，难道是犯罪分子在作案前特地给她洗了个澡？先不说有没有必要，这样很容易把受害者弄醒，暴露的概率就大大增加了。"

录音机里又传来走路的声音，李文到了一个新地方，"现场区域二：洗手间；具体位置：蓬头；物证：掉在地上的蓬头。"与之相对应的照片中，一个蓬头躺在洗手间地砖上。

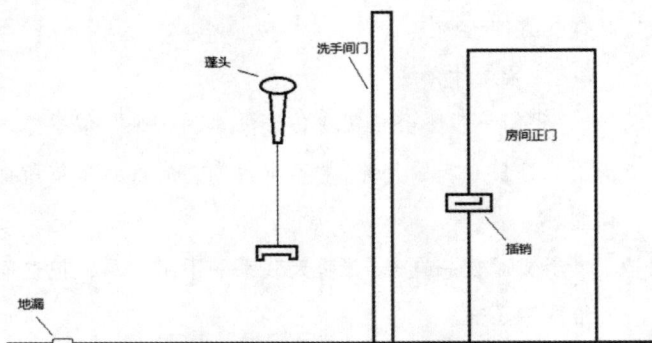

洗手间结构图

"我们抵达现场时它就掉在这里，开关也没关，一直在往外冒水。"刚才的警员说，"我们检查了蓬头架，发现它是坏的，蓬头根本固定不住，一松手就往下掉，所以洗手间是这个情况也比较正常。"

新的人声传了过来："李队，这位是前台，她说今天没有见过受害者出入招待所。"

"你能肯定吗？"

"应该吧……"女子的声音很低。

"这是什么意思？"

"招待所有两个门，大门正对着前台，有客人出入我都能看到，今天不是节假日，顾客较少，所以出入过的人我不会漏掉。不过招待所还有个后门，从那里可以直接上到二楼，而且从前台的位置是看不到后门的情况的。"

"你们招待所有监控吗？"

"没有……"

李文颇为无奈："那把今天入住的人员名单打给我一份。"

前台的声音变小了："可以是可以，不过不保证身份信息都是真的……"

"这又是什么意思？"

"我们一般不会核实身份证的真伪……"似乎想急于撇清干系，前台赶紧补充，"不止我们，周围的招待所都是这样的。"

李文深吸一口气："明天联系一下工商局，把这间招待所给取缔了吧。"

根据录音机里的内容，我得知在盘问完前台之后，李文组织了仔细的现场搜查工作，并没有发现犯罪分子留下的毛发和指纹等，不过在洗手间门口提取到了犯罪分子走出屋外时的鞋印。说是鞋印也不准确，因为犯罪分子入室时戴了鞋套，现场提取到的只是鞋套留下的痕迹，之所以只能提取到朝外的鞋印，是因为鞋套在洗手间里沾上了水，才在地上留下了痕迹。

警方无法通过对比鞋纹来确定鞋子的来路和犯罪分子的行走习惯，只能勉强推断出其体貌特征：身高在 170 厘米至 175 厘米之间，体重约 65 千克。

　　值得注意的是，这一排脚印的横向距离比普通人正常行走时多出一只脚的宽度，且重量分布在双脚内侧，怀疑其在离开现场时可能背负着重物——过重的物体会让人不自觉地分开双脚，以便更加稳定地行走。至于背着的是受害者还是其他物体，是背进房间还是背出房间，这样东西和本案有没有直接关联，暂时还不得而知。

　　"留两个人在这里继续取证和保护现场，其余人收队，跟我回局里向受害人了解情况！"之后传来的都是行车的声音，想来是李文忘了关录音机，正当我准备停止播放时，突然听到车子停了下来，接着一个熟悉的声音从录音机的扩音器中发出。

　　"你他妈的放我进去！"

第九章　脱　轨

　　林记锁铺是一家由住宅楼改成的锁店，醒目的招牌挂在楼道口，厚重的灰尘几乎覆盖了上面的字迹。

　　"您好，配钥匙吗？"锁铺老板林强是个四十多岁的中年人，瘦骨嶙峋得像个猴子。

　　"你们这儿怎么算钱呀？"那个人站在铺子前，打量着林强身后那堆工具。

　　"看您需要什么样的钥匙，容易配的五块一把，不容易配的十块，最难配的二十。"

　　"还有难配和不难配之分？"那个人被勾起了好奇。

　　"比如我家防盗窗上的这种挂锁，钥匙就很难配，麻烦您稍等。"林强跑到了里屋，从抽屉里翻出一把钥匙，拿到那人面前。"就是这种，这条街只有我一家能配这种钥匙！"他的语气里有着掩饰不住的自豪。

　　那人端详了一阵他手上的钥匙："对了，你们这儿几点关门？我的备用钥匙放在亲戚家了，估计一下子赶不回来。"

　　"咱这儿晚上七点半关门，如果您回不来也不打紧，明天再来也没问题！"林强热情地说。

　　"好的，那我尽量今晚赶过来。"那人转身离开，用只有自己才能听得到的声音说，"你这里明天不会再开门了。"

接下来的三天，警方彻夜不休地对韦随荣和张家富两起案子进行进一步调查，但是进展却不尽如人意。根据霍雨薇的推理，警方调取了香格里拉小区的监控视频，可鉴于小区视频非常清晰，占用空间很大，所以之前的视频已经被清空，警方没能从中找到红衣天使的身影。

张家富有着和他过往身份完全不相符的干净人际关系，没有任何人有杀他的动机；韦随荣身边虽然找到了有杀他动机的郭博城和董菁，两人在两起案子发生的时间内也确实没有坚不可摧的不在场证明，可也仅此而已。凶手在现场没有留下任何指纹、毛发等证据，张家富案桌沿上的血迹也被证实属于死者，现场周围的监控摄像也被巧妙地避过，现在除了刘辞往的犯罪心理画像与两人有不同程度的吻合以外，警方根本无法提出更切实有效的证据做进一步指控。

与此同时，连续两人被红衣天使杀害的消息不胫而走，以瘟疫般的速度在民众间迅速流传。G市市民一时间陷入恐慌，稍微偏僻一点的商店都早早地打烊，夜晚在街上散步的行人也明显减少。来自各方的压力宛若洪流一般涌向警局，压得专案组成员喘不过气来。堂仕文被搞得焦头烂额，几乎没时间读杨璨璨的日记。

就在这个关键时刻，新的案子又发生了。

那天本来是一个再普通不过的夜晚，只是一个名字给它赋予了特殊意义，让原本就被恐怖气氛笼罩的小城又添了几分肃杀之气。

第二天就是中元节，也就是人们常说的"鬼节"。

G市市民习惯在中元节前一两天就开始过节，家家户户拿着打包好的纸钱和元宝，用面粉在地上画个圈，将纸包放进圈内，用火点燃，以此祭拜先祖；白圈的前方还会摆上三个已经烧干的蜂窝煤，两侧的蜂窝煤上面插着两根蜡烛，中间的蜂窝煤则用来上香。每年的这个时候，昏黄的火光就会在城区各处亮起，人们振振有词地念叨着，给夜晚增添了诡异气氛。

　　很不巧，今天就是这样的一个夜晚。天空和往常一样被稀薄的云笼罩着，月亮像覆上白纱的冷光灯，发出的朦胧月光反而把黑夜衬得更加阴暗。

　　破旧的老楼在四周鳞次栉比的高楼环绕下看起来有些佝偻，仿若一个迟暮老人，窗户间零星透出的暗淡灯火就像老人风烛残年的生命，一旦某一天它们不再亮起，这位老人的生命也就走到了尽头。

　　老王一个人坐在家里，一边嗑瓜子一边看着面前老旧的电视机里放送的晚间新闻，感到有些百无聊赖。老王已经年过六十，是一名退休工人，由于年轻时比较腼腆，硬件条件不够好，他一直没能结婚，过了大半辈子的单身生活。

　　他每天的活动就是早上去附近的公园里散散步，和其他来晨练的老人唠唠嗑，中午随便煮点饭菜对付过去，下午到晚上就一直待在家里看电视。每天都是一成不变，周而复始。

　　可是今天似乎有些不一样。当他像往常一样骂着新闻里那些丧尽天良的犯罪者时，忽然听到对门邻居家里隐约传来一声闷哼，紧接着便是什么东西重重倒地的声音。

　　对面住着的是将自己的住宅改成锁店的小林，也是个单身汉，按道理一个人很难搞出这么大动静才对。老王有些耳背，他不确定自己是不是听错了，不过想到每天晚上自己做的都是

128

一样的事，难得遇到些不一样的经历，于是他决定去管管闲事，敲开门问个究竟。

走廊的声控灯因为年久失修，已经坏了很多年，一直没有人来换过。老王来到小林的门前，在"林记锁铺"的招牌上摸了摸，找到了门铃："小林啊，我是隔壁老王。"

回应他的只有无尽的沉默。

不会是遭贼了吧？老王从门上的猫眼朝里面望去，虽然看不到里面的情形，不过他确定屋子里开着灯，而且刚才那声动静绝对是人弄出来的。

"小林，你没事吧，小林？"老王继续按门铃，"再不开门我就叫警察了！"

还是无人回应。

老王怀疑小林犯病晕倒了，便从怀里掏出自己的老人机，按下了"120"三个键。

"喂，您好，这里是甲山路九号二栋一楼，有人犯病晕倒了！你们快派人过来！"

挂掉电话后，老王换成了用手使劲敲门，可是依旧无人来开门，这下他是真的有些急了，不断大喊着，把楼上的住户都吸引了过来。几个人一起拍门，用劲越来越大，大有破门而入的架势。

不一会儿，最近的医院派来的急救车抵达现场，医护人员尝试打开房门未果，立刻联系了消防队。大门打开时，距离老王打电话已经过去了整整十分钟。

医护人员拎着担架冲进现场，看到面前的情况顿时傻了：不大的房间里杂乱地放满了各种牌子的锁头和用来开锁的设备，整个房间弥漫着一股油污的味道。稍微往里一点的客厅里，一名中年男子腹部中刀，倒在血泊之中。他的一半面容被口罩遮住了，但是露在外面的双眼还残留着死前一刻的惊恐和痛苦。

五分钟后，堂仕文赶到现场。再次看到红衣天使的口罩，他心底升腾起一股无力感。这个家伙频频犯案，可自己却拿他没有一点办法。

"死者林强，男，四十六岁，锁店老板，死亡不超过十五分钟——也就是今晚八点半左右，两刀都刺穿了肺部，死者因此窒息而亡。"

"肺部被刺穿，也就是说他在被杀之后并没有当场死亡？"

"是的，根据伤口的深度和大小推测，他在被刺伤之后虽然因为疼痛失去了行动能力，但还有两分钟左右的存活时间。"

堂仕文点点头："还有什么发现吗？"

"我们在死者手里发现了这个。"法医亮出一个证物袋，里面放着一把钥匙，钥匙的形状同其他市面上常见的钥匙形状略有不同，它的横截面不是平直的，而是呈弧形，根部两侧还各有突出一块向上弯曲的部分。

堂仕文望着距离尸体不到半米的柜子，上面一个抽屉被拉出来，里面放满了各式各样的钥匙，粗略算下来有上百把，林强手中那把不同寻常的钥匙应该就是从这里拿出来的。

"这是哪里的钥匙？"

"是防盗窗的。"

"防盗窗？"堂仕文忽然想起了什么，"我记得第一发现人是急救中心的医护人员，他们说从他们赶到门口到进入房间，有超过五个人一直在房间门口，从未离开过。"

"没错，而且根据隔壁邻居王大爷的证词，他听到这间屋子有异响，便过来敲门，直到二楼住户下来为止的这段时间内他

130

都在门口等着，没有任何人从里面出来。"

"他的证词可靠吗？"

"我们简单调查了一下他和林强的关系，两人平时没有爆发过激烈冲突，不太存在自导自演的可能性，应该比较可靠。"

"你们再在屋子里找找，看看有没有线索。"

堂仕文走到窗边，仔细端详起防盗窗。防盗窗是很常见的格子围栏式，设有一个紧急逃生出口，上面挂着一把粗大结实的挂锁。他把挂锁翻了一面，露出底部的弧形锁孔，和刚才看到的钥匙样式吻合。

"房间里只有死者手中有防盗窗的钥匙？"堂仕文问。

"是的，这种钥匙的样式很特别，所以很容易找。另外，这种钥匙几乎无法复制，我们简单打听了一下，听说附近的所有锁匠里只有死者有能力配这种钥匙，他活着的时候天天对人吹嘘。"

这时，堂仕文发现防盗窗上积落的灰尘有不少被擦掉的痕迹，他按照上面的痕迹比画了一下："凶手就是从这里出去的。"

所有的警察都望着他，他继续喃喃自语："可窗子明明是锁上的，而且除了死者外没人能配这种钥匙，那凶手是怎么出去的？"

堂仕文转过头，和望着他的警察对视："现场……是个密室啊！"

"密室你个头呀！"纸之时代书屋的剧透屋内，人称"泄底女王"的霍雨薇啼笑皆非地拍着桌子。"现场是只留下了一把钥匙没错，可是并不代表这个世界上只有这一把钥匙啊！"

堂仕文挠着头，有些尴尬。

"凶手在杀人的过程中，不小心被隔壁老王堵住了门口，他隔着门听外面的动静，等待老王离去，却发现老王叫了救护车。他知道，一旦救护车到场他便再也没有逃脱的机会，所以急中生智，在犯罪现场找到了其中一把开启防盗窗的钥匙，从窗户逃走了。之所以要锁上窗户，只是想着万一老王在这时破门而入，窗户能起到阻挡他一会儿的作用。"

　　"那死者手中的钥匙……"

　　"有两种可能，一是凶手放在林强手中的，二是林强自己拿在手中的。凶手已经将现场布置成红衣天使案的样子，而且现场也不存在所谓'密室'的条件，再加上当时后有追兵、事态紧急，他没必要多此一举来拖慢自己逃离的脚步，所以我更倾向于钥匙是林强主动抓住的，这也符合他'被伤后并未立刻死亡'的尸检结果。"

　　"他为什么要抓住钥匙？难道是所谓死前留言，想暗示我们凶手的身份？"

　　"要是他真的想告诉我们凶手的身份，直接用手指沾血，在地上或者身上的哪个部位写下凶手的名字即可，没必要用钥匙来暗示。"

　　"那林强为什么要这么做？"

　　"我猜是为了求救。"

　　"求救？"

　　"假设你是一个将死之人，你最想做的事情是什么？首先是求救，其次是告诉别人是谁杀了你。肺部受伤的人因为无法呼吸，没法喊叫出声，所以林强只能用其他办法——比如用钥匙砸门。恐怕是凶手在拿防盗窗的钥匙时不小心把另一把带了出来，被死者捡到，他在凶手走后想用钥匙砸门，引起门外老王的注意，但是刚拿起钥匙他就气绝身亡，所以现场才会呈现那种诡异的状态。"

"什么嘛，原来不是密室。"堂仕文看起来有些失望。

"最让我在意的不是这个伪密室。"霍雨薇说，"而是凶手怎么找到防盗窗的钥匙的？"

"很简单呀，那种钥匙那么特殊，即使混在钥匙堆里也能轻易找到，我们的法医用了半分钟就翻出来了。"

"不是这个意思，我是说，凶手是如何确定钥匙一定在那个抽屉里的？按照你的描述，现场应该摆满了各种跟锁有关的工具，还有一些抽屉和柜子，怎么想都很难下手找钥匙，再加上只有装满钥匙的柜子是打开的，凶手在紧急关头如果要翻找东西，不会拉开抽屉后再合上，可他只打开了那一个放满钥匙的抽屉——这可不是运气好就能解释的。"

"你是说，凶手有可能是林强的熟人？"堂仕文说，"可是我们刚做完简单的人际关系排查，林强和张家富一样，都是从牢里出来的人，社会关系极其简单，根本没发现有可能和他们结下死仇的人。"

"你发现了吗，这起案子的奇怪之处？"

"动机？"

"没错，明明是同一段时间内出现的红衣天使模仿案，可是三名死者之间的联系却非常暧昧，张家富和林强两个人的身份背景十分相似，可多个韦随荣夹在中间就显得不伦不类了。我很难想象有一个人会具备同时杀掉他们三个人的动机。"

"辞往曾经跟我提到过一本推理小说，叫什么来着……"堂仕文不停敲着额头，"对了，好像是阿加莎·克里斯蒂的……"

"你说那本书啊，我知道。"熟读各种推理小说的霍雨薇第一时间就想到了那本以神动机闻名的连环杀人作品。"那个可能性我也考虑过，可是张家富和林强身份之间的相似性又让我觉得事情并没有那么简单。"

"林强和张家富都因为故意伤害罪进过监狱，会不会他们在那段时间里有一些我们不为人知的遭遇？"堂仕文说，"我明天去问问监狱系统的朋友。"

"这起案子先放一边吧，现在还有更重要的事情。"

听到霍雨薇的话，堂仕文正襟危坐："有什么事？"

霍雨薇盯着堂仕文，十分严肃地说："我的咖啡你带来了吗？"

接过咖啡，加进了已经冷掉的绿茶里，霍雨薇用瓷质小勺轻轻地搅拌着。闻着弥漫开的不知该怎么形容的气味，饶是已经看过很多次的堂仕文也仍感到，自己的嗅觉细胞正在起兵造反。

"这样……真的很好喝？"

霍雨薇把茶杯递到他面前："你要不要试试？"

堂仕文捏着鼻子啜了一小口，赶紧把杯子还给了她："虽然我没喝过前阵子网上炒得沸沸扬扬的崂山白花蛇草水，但我觉得你这个'剧透屋绿茶咖啡'味道肯定不遑多让。"

"其实我也觉得不好喝。"霍雨薇拿起杯子，面无表情地喝掉一大口。

"那你还天天叫我带给你？"堂仕文第一次觉得这个无口无心无表情的三无少女可能有受虐倾向。

"你以为安乐椅神探很好当吗？我不仅要花两个小时记住、吸收你们花了两个星期才调查到的成果，还要在你们刚说完准备喝茶休息一下的时候给出准确的分析，这种精神上的消耗可比你在健身房锻炼两小时累多了！所以每次听你给我介绍案情，我都必须集中我所有注意力，人能够保持注意力高度集中的时长大约在三十分钟，因此我需要一些东西来帮助我的神经和大脑保持持续的兴奋，而咖啡当中的咖啡因和茶中的茶碱都能够起到这种作用。"霍雨薇晃了晃茶杯，"我可不是因为'好喝'这么肤浅的理由才喝这种奇葩东西的。等我什么时候喝腻了，也可以用其他具有相同功效的饮料替代它们——你觉得佳得乐混可乐怎么样？"

"那样喝了真的不会打嗝吗？"堂仕文似乎想到了什么，"不过咖啡和茶都有利尿功效，你一次性喝这么多，还要和我交谈这么久，怎么没见你去洗手间呀？"

"所以要成为一名合格的安乐椅神探，'肾好'也是重要因素之一。有句话怎么说来着，'侦探肾好，凶手别想跑'。"

"以后你讲冷笑话时能不能不要这么一本正经？"

霍雨薇摆摆手，停止了玩笑："这次怎么只有你一个人，那个小鬼头呢？"

堂仕文用了好一会儿才反应过来她口中的"小鬼头"指的是谁："你说辞往？他最近似乎有些心不在焉的，应该是红衣天使案给他的冲击太大了，再加上这两天他跟着我们到处跑，还趁着有空的时候化身正义使者行侠仗义，身体和精神负担骤增，所以不怎么精神，我就让他回家休息了。"

"对了，快把之前没跟我说的张家富案和韦随荣案的后续调查情况一起跟我说了吧，不然我等下要憋不住了，洗手间很远的。"

堂仕文有些不适应她的冷幽默。他把这两天的调查结果简单地告诉了霍雨薇，然后给她看了一遍张家富案的监控内容，最后把刘辞往给他的杨璨璨的日记复印件也影印了一本，交给了她。

"张家富案的现场照片你带了吗？"

"原件存在局里，不允许外带，不过我事先帮你翻拍了一份。"

"我只要拍了现场血脚印的那张。"堂仕文帮霍雨薇翻到了指定的照片。她放大图片，盯着看了一会儿，堂仕文注意到她的目光落在房间正中央地板的那一对并拢的脚印上。

他说："这对脚印很奇怪，凶手杀掉死者之后应该立即逃离现场，可他好像在这儿站了一会儿，不知道在干什么。"

"这对脚印的正上方是什么？"

堂仕文被问蒙了："是天花板。"

霍雨薇扶额道："我又不傻，我当然知道头顶是天花板不是天井男！我的意思是，天花板上应该还有一些你没注意到的东西，你让人去查查，肯定会有收获。"

"好的，还有什么吗？"

霍雨薇罕见地露出迟疑的神色："'那个'视频你有吗？"

"你说哪个？"

霍雨薇示意他附耳过来，轻声说了些什么。

堂仕文狐疑地盯着她："有是有，不过你要这个干吗？"

"你先别管，我只是想证实我的一个猜想。"霍雨薇轻轻摇晃着椅子，"等你有消息了再来找我，今天就先到这里吧。"

走出纸之时代，漫步在湖边，堂仕文一直在沉思。雨薇刚刚那番话是什么意思？她要"那个"视频究竟是想查些什么？难不成她在怀疑那个人……

这时，手机铃声打断了他的思绪。他接起电话，听到那边的警员汇报了些什么，脸色微微一变，小跑到停车场，开车离去。

"说吧，这是什么？"半小时后，在一家咖啡厅内，堂仕文将自己的手机递给了坐在对面的董菁，她接过一看，顿时变了脸色。

"你不是恨不得韦随荣去死吗，怎么在案发前一周还跟他见了面？"堂仕文指着手机画面，里面是一段监控的截图，董菁和韦随荣各捧着一杯咖啡，坐在他们现在坐的位置。"看起来你们似乎聊得很愉快啊。"

"我和他……我们就是老同学见面！"董菁不自觉地抬高了语调，引得周围的顾客纷纷侧目。

堂仕文目光凌厉地问："那天调查的时候，你为什么不跟我们说这件事？"

"我……我怕你们怀疑我！"

"那你还表现得那么恨他的样子，这就不怕我们怀疑了？"

董菁小声嘀咕："反、反正你们迟早也要查到，不如早些告诉你们，这样还能够显得我坦荡。"

自作聪明！堂仕文腹诽了一句。"你那天去见韦随荣，目的是什么？别拿老同学见面那一套搪塞我！"

董菁沉默了，她不停望着四周，接着啜了几口咖啡，终于开了口："我……我还忘不了他。"

堂仕文冷笑道："你骗鬼呢吧。"

"堂警官，你现在还单身吧？"

"你管我单不单身？"堂仕文感到莫名其妙。

"难怪，你根本不懂女人。女人这种生物啊，你对她们越坏，她们反而对你记得越深。"

"二十年了，你还没有忘记韦随荣？"

"如果没有回来的话，确实不会想起，可是刚下高铁，那些记忆就止不住地涌上来。"董菁拿出了女士香烟，看到了墙上禁止吸烟的牌子，又收了回去。"所以我就去找他了，不过看到他已经成了一个又老又肥还秃顶的中年人，我忽然觉得，这样也不错。"

堂仕文紧紧盯着董菁的眼睛，良久才说："谢谢配合，你可以走了。"

待到董菁离开，堂仕文才打开了相册里的一段视频，那是从监控设备中拷出来的。林记锁铺所在的小区大门口，董菁的身影正在徘徊，她似乎一直在注意着什么，目光快速地打量着周遭的环境，过了好久，她才像确认了什么般，走进小区。

这段视频的拍摄时间，正是林强被杀害的当天下午。

凶手知道防盗窗钥匙在哪里，说明他曾经去过现场……堂仕文回忆起这个结论，握住手机的手紧了紧。

不过，他没有注意到的是，那段视频中，有一帧画面的角落里，一个头戴渔夫帽的人身影一闪而逝。那人定定地望着董菁走进小区，随后走出了监控摄像头的拍摄区域。

温澄站在冬晨花园的一间房门口，心中各种念头翻涌。

自从那晚发现刘辞往借散步之名偷偷跑来这里后，她的内心一直无法平静。虽然她非常相信刘辞往为人正派，可是女人的直觉告诉她，她应该过来一趟。经过内心的一番天人交战，温澄终于下定决心，带着备用钥匙来到这里。

深吸一口气，温澄小心地打开了门。房间里面一片昏暗，她打开电灯，警惕地看着四周。

卧室里传来响动，温澄慢慢走进去，面前的景象让她惊呆了。

床上躺着一个女人。

这里是刘辞往和温澄曾经一起住过的卧室，一起睡过的床。

女人之前似乎在睡觉，被突然闯入的温澄吵醒了，先是有些困惑，进而惊恐地望着她，嘴里发出奇怪的单音节词。温澄用手捂住嘴，拼尽全力不让自己惊呼出声。不等那个女人有多余的动作，温澄扭头就跑，重重地摔上了房门。

她在街上拼命地奔跑，不管不顾，泪水向身后洒落。

温澄一路冲回了家，几乎是撞开的房门。她跌坐在地，不停干呕，因为跑得太快而差点吐出来。

"老婆，你怎么了？"刘辞往被他吓了一跳，赶紧冲过去扶她。温澄一把打掉他的手，抬起头，目光穿过凌乱的发丝，直射刘辞往，望不到边的悲愤和凶戾仿如一个旋涡，将他卷入其中。

"你这两天晚上去干吗了？"

"我……"刘辞往一时有些语塞，"我去散步……"

"你还撒谎？！我知道你去了冬晨花园！没想到你居然背着我……"说到后面，她已经泣不成声。

"你居然擅自进我家？"

"是我们的家！"温澄的悲愤已经无法压抑，她的哭号声十分尖锐，犹如不绝于耳的防空警报。"不过现在不是了！你知道我打开房间看到里面的那个女人时我有多惊讶吗？你居然养了个……"

温澄再次回忆起刚才的情形，忍不住的反胃感愈加强烈。

刘辞往用双手握住她的双肩："澄澄，你听我解释……"

"你还有什么好解释的？！"温澄一把甩开他，反手给了他一记耳光。清脆的声音回响在屋里，刘辞往被打蒙了。

这一巴掌似乎抽干了温澄体内的所有力气，她弯着腰，语气虚弱："你变了，你以前不是这样的。我没有想到，你居然是这种人……"

刘辞往呆呆地捂着脸，默不作声。

良久，温澄停止了抽泣，默默地走回卧室，翻箱倒柜，不一会儿便拖着个拉杆箱出来。她走到门口，身体一顿，说："辞往，我们分手吧。"随后她径直走进了黑暗的楼梯间，没有回头。

刘辞往一个人在空荡荡的屋子里呆立，许久才像终于反应过来似的，一拍大腿，夺门而出，追赶温澄渐行渐远的身影。

第二天一大早，刘辞往就被电话铃吵醒。昨晚他因为温澄的事情，一直无法入眠，好不容易睡过去，又被电话吵醒了。他粗暴地将手机从床头柜上拿起，刚接通电话，还没来得及说话，对面就传来堂仕文激动和略带愤怒的声音："辞往，三名死者都在你妈妈的日记里出现过，你怎么没把这事告诉我？"

刘辞往被昨晚的事情搞得心情烦躁，因此不耐烦地"啧"了一声："我忘记了行不行？"

"这么重要的线索你怎么说忘就忘？我昨晚熬夜读完了你妈的所有日记，他们三人和你妈当年的密室迷奸案一定有着密不可分的联系，甚至有可能就是这案子的幕后元凶！最近这三起案子的凶手一定是想要替她报当年的仇！"

刘辞往没好气地说："拜托！那件事过去了二十年，我妈都死了十年了，谁会在这个时候才想起来给她报仇？"

"假如那个人最近才恰好得知真相呢？"

"那可是警方当年都没能查出的真相，时隔二十年，有谁有这么大的能耐？"

"查出真相倒不至于，不过我相信读过日记的人都会对他们三人产生怀疑，因为从动机上来说，被杨璨璨酒后当众揭老底的韦随荣恼羞成怒，有充分的理由叫来两人策划这起密室迷奸案。"

"光凭一个不一定成立的动机就去杀掉三个人，这种人不是精神病就是变态！"

"那么你呢？"电话那头传来的充满复杂情感的声音让刘辞往愣了愣。话筒的两端都陷入极端的沉默，就像是有人在两人交谈甚欢时把电话线给拔了，听筒里连对方的呼吸声都听不到。

"你什么意思？"刘辞往反问。

"现在被杀的三个人都和你妈妈当年的案子有关，我们目前调查到的嫌疑人中没有一个具备杀害所有死者的动机或者时间，但是如果算上你，情况就完全不同了。"堂仕文的语气平静，却充满了不容置喙的笃定。

"我们十几年的交情，你居然开始怀疑起我来了？"刘辞往费力地克制住摔电话的冲动。

"对不起，作为一个警察，我不得不怀疑身边的每一个人。"

"那你会怀疑霍雨薇吗？"刘辞往刁钻的反问让堂仕文愣住了。

是呀，如果有一天，所有的不利线索都指向霍雨薇，自己究竟会不会怀疑她呢？

"霍雨薇是绝对不可能犯案的。"堂仕文竟然在不知不觉间失去了刚才的沉着。

刘辞往没有深究对方的顾左右而言他，不快地问："韦随荣是几号被杀的?"

"八月十八号晚上被杀,八月十九号被我们发现尸体。"堂仕文对答如流。

"那个时候我在哪里?"

"我怎么知道你在哪里?"

"我和温澄从八月十五号开始就坐高铁到深圳去旅游了,后来还去了广州,直到八月十九号中午才回到G市。那天我不还在高铁站见义勇为了吗?

"如果你不信的话,可以去查查我们俩的出行记录。广州各大景区的监控录像里肯定有我们俩的身影,我也不可能像一些推理小说那样玩两地跑着杀人的诡计,韦随荣被杀时监控摄像头清楚地拍到凶手的身影,这证明我没有通过远程遥控装置杀人。既然连环杀人案的第一个死者都不可能是我杀的,后来的案子就更不可能是我做的了,你说对吗?"

堂仕文被问得哑口无言。电话两端再次陷入沉默。

半晌,刘辞往终于开口了:"你今天不会是专门打电话来兴师问罪的吧?"

"不是,其实我们找到了新的嫌疑人,刚才对你说的话只是我一时兴起。"听得出对面的堂仕文苦笑连连。

"新的嫌疑人?"刘辞往将堂仕文刚才的无理抛之脑后,兴奋地问,"是谁?"

"一个和你妈关系非常要好的朋友,好到在她死后十年都一直念念不忘。"

听到这话,刘辞往愣住了:"除了我爸,还有谁对我妈这么好?"

"申薰。"

"我妈的大学室友？"刘辞往略感意外。

"而且这种'关系好'可能并没有你想象得那么单纯，你听我慢慢讲。"堂仕文耐心解释，"我昨晚看过你妈的日记后，想办法找到了申薰的个人资料，发现她已经移民去了美国。我算了算时差，当时美国刚好是白天，我就打了个国际长途给她，想着说不定能从她那里找到一些线索。因为国际长途太贵，单位不给报销，我就加了她的微信，你猜你发现了什么？"

"肯定是去偷窥人家朋友圈了。"

"我看她朋友圈没有开三天可见，就进去看了看，谁知道竟然发现两件有趣的事。"堂仕文语气变得有些古怪，"电话里说不清楚，我直接微信传给你。"

刘辞往连上家里的 Wi-Fi，不一会儿就收到堂仕文发来的一连串图片，他从头开始翻，画面上是两个女生脸贴着脸的亲密自拍，左边的那位有着一副亚洲面孔，圆圆的鹅蛋脸显得乖巧可人，那应该就是申薰；右边的则是拥有着金黄色飒爽短发的美国人，她看起来英气十足，拥有着足以和男性相比的阳刚气魄。

Hope you can always stay at my side. My love, Carol.

——这是这张照片的配文。

前几张照片还只是正常闺蜜之间的合影，可翻到某一张时，刘辞往不禁低声惊呼。

照片中的天很蓝，如同一块清澈透明的蓝宝石，或稀薄或浓稠的云朵就像是宝石中若隐若现的纹理，如茵绿草就是托起宝石的天鹅绒。两位身着雪白婚纱的女生相互依偎，微风吹弯了小草，吹乱了她们的头发和头纱，可她们一点都不在意。

Being with you is the only way I could hold the happy

life. You are the girl of my dream and apparently I'm the one of yours.

只有和你在一起，我的人生才能够幸福。你是我梦想中的女孩——当然，我也是你梦想中的那一位。

刘辞往认得这句话，它出自由彼得·西格尔导演、亚当·桑德勒和德鲁·巴里摩尔主演的爱情喜剧《初恋五十次》，电影讲述的是兽医亨利·罗斯追求一名患有短暂失忆症的中学女教师露西的故事，露西每过一天就会忘记前一天的事，包括和罗斯之间的感情，而这段话就是罗斯对露西表白时说的经典台词。

他还注意到，这句话中的"the one"在电影中被官方翻译为"梦中的男孩"，但在这里，申薰耍了一个小花招：她用"the one"指代前面的"the girl of my dream"，所以整句话的意思正好准确地形容了她和Carol的关系。

"居然结婚了……"刘辞往啧啧赞叹，可是当他翻到下一张的时候，他再次惊呼出声，只不过这一次，他的情绪比方才复杂多了。

照片的背景是漫山遍野的青草和野花，上面沾着水珠，似乎刚下过一场不小的雨。画面正中是一块由深灰色石块做成的墓碑，墓碑上的雨水成股流下，似乎是在流泪。墓碑上的人像刘辞往再熟悉不过，他攥紧了拳头，把沙发坐垫揉出了一团皱褶，手汗沾湿了表面。

先母杨璨璨之墓

刘辞往接着往后翻，这才发现每年杨璨璨的忌日申薰都会

144

大老远地专程飞回国祭拜，十年来从未中断。最让他感到心里一紧的是最近一次祭拜，申薰没有发任何图片，只是在朋友圈说了一句：不知不觉十年了，我已经结了婚，可还是好想你。

刘辞往拨通了堂仕文的电话，心里五味杂陈："这是怎么回事？"

"她们两个的关系不太像单纯的朋友……"

"我妈的忌日就是半个月前，她那时候回国了吗？"

"我查了她的出入境记录。"堂仕文语气严肃，"她半个月前抵达中国境内，昨天才搭上航班飞回美国。"

"她在国内还有亲人吗？"

"她的父母早就被她接到国外了。"

刘辞往低声嘀咕："她前几次都是专程回来祭拜我妈，国内又没有亲人，按理来说每次待的时间应该都不长，可这次她居然待了半个月之久，而且恰好碰上这起连环杀人案，这会是单纯的巧合吗？"

"堂警官你好。"申薰的头发有些散乱，一边打着哈欠一边对堂仕文打招呼。她身处室内，身后的窗户框住了一片深蓝色的天空，深色外表的摩天大楼和夜色融为一体，其中一格格的亮光像星星般镶嵌在空中。

堂仕文和刘辞往坐在电脑前，对着屏幕打了声招呼。现在是北京时间十一点三十分，也是美国东部时间的二十三点三十分，三人正在通过视频电话进行交流。自从早上堂仕文向刘辞往说明申薰的近况之后，两人合计了一番，最终决定和申薰面对面谈谈。于是刘辞往打车来到了市局，在堂仕文的办公室内和申薰见了面。

"这位小帅哥是？"申薰把目光投向刘辞往。

刘辞往自我介绍道："我叫刘辞往，我的爸爸是刘隐，妈妈是杨璨璨。"

听到这两个名字，屏幕另一头的申薰不自觉地怔了怔。一瞬间，刘辞往觉得她看向自己的眼神有些涣散，似乎在同时看着两个人。

"原来是他们俩的孩子啊，我就说怎么觉得有些眼熟呢……"申薰的语气充满唏嘘。

"你和我妈……"刘辞往有些艰难地开口，似乎在努力寻找措辞，"之间发生过什么？"

被这样问及过往，申薰似乎有些不好意思。她望着他，语气真诚而慎重："其实真没什么，只不过是年少时的不懂事和一厢情愿罢了。你真的想听吗？"

"我希望了解我妈的过去，这样更有利于找到最近几起案件的凶手。"刘辞往坚决地说，"请你开始吧。"

"好吧，这些事情要从我们的大学时代说起。"申薰的眼睛微微眯起，带起了一层眼角纹。刘辞往觉得她的视线仿佛穿越了时空。"我们那个年代远不比现在，当时没有互联网，我们获取信息的方式仅限于电视和报纸，因此很多观念放到现在都显得陈旧，比如婚恋观，或许是因为羞涩和矜持，大家出去玩时以同性伙伴居多，我们两个不仅是同班同学，而且是室友，经常形影不离地一起上课，一起出去玩。

"人类真是一种奇怪的生物，只要相处时间一久，就会产生感情，友情也好，亲情也罢，都是相处日久的积累。当今女生习惯的一同牵手逛街之类的事我们都做过，不仅如此，当时我们用的都是公共卫浴，而我们俩居然会在澡堂里主动帮对方搓澡，你知道这对于两个南方女生来说有多罕见吗？"聊起往事，申薰唏嘘不已，她点燃一根女士香烟，换了个更舒服的坐姿，"其实当时我也没有想多，只是把她当成一个很好的朋友而已，只不过后来发生的事让我们之间的关系产生了微妙的变化……"

　　洞天山望月崖的观景台上，一个帐篷在风中瑟缩着，昏黄的灯光从半透明的帆布中透出，申薰和杨璨璨两人蜷缩在帐篷的一个角落，身子紧紧抱在一起，感受着对方的冷汗和不住颤抖的身体。耳畔水声隆隆，乍一听甚至以为是阵阵春雷。

　　洞天山是 G 市附近有名的景点，山顶有一个前后贯通的大洞，如果角度合适，就恰好可以从山的一侧透过大洞看到另一侧天空中的太阳和月亮，经常有驴友慕名前来赏月和看日出。

　　就是这个大二暑假的晚上，申薰和杨璨璨不知道哪根筋搭错了，居然背着帐篷、防潮垫和睡袋就坐班车来到了洞天山，打算头一个晚上看月亮，第二天清晨看日出。那时洞天山还没有开发成景区，没有商业化和无处不在的收费人员。两人在山顶的观景台搭好了帐篷，摆上了野餐布，坐在低垂的天幕下边喝饮料边聊天，颇有几分"对酒当歌，人生几何"的气概。

　　但是作为没有任何户外露营经验的驴友——虽然她们的水平充其量也只能被称为驴蹄子——她们缺乏最基本的野外生存常识：夏天多雷暴，有时候虽然所在地万里无云，可是几十公里外很可能大雨如注，倘若有一条河流经两地，那么等待她们的将是凶猛暴发的山洪。

　　等两人察觉到不对劲时已经晚了，半山腰处那条原本涓涓流动的小溪如今变成了污浊、漂浮着各种杂物的大河，阻断了两人的退路。其实这种洪水只是来势汹涌，并不会持续上涨，可她们却觉得自己马上就要被上涨的洪水淹死了，抱在一起痛哭流涕。

"你说……"申薰整个人似乎都要融进杨璨璨的身体，"淹死会不会很痛苦？"

"别说这么不吉利的话！"杨璨璨拍了拍她的脸，强撑着说，可她自己显然也吓得不轻。

"我以后绝对不来这个鬼地方了！"申薰的泪水打湿了杨璨璨的领口，"我想我爸妈！"

"别哭了，没事的没事的。"杨璨璨轻拍她的背，像个哄小孩的母亲。

"不过……"申薰的声音渐渐低沉，"最后能和你在一起，真是太好了。这也算是不幸中的万幸了吧。"

"是啊，如果我们真的不幸……死在了这里……"杨璨璨有些哽咽，"那下辈子我们一定要再做好朋友！"

"好朋友吗……"申薰无声地笑笑，像是坚定了决心似的说，"下辈子，一定！"

"那种情况下，你们之间居然什么也没发生？"连刘辞往都有些不敢相信。

"你这个小屁孩的脑子里天天在想些什么？"申薰啼笑皆非，"其实啊，都过去这么久了，我对她的感觉究竟只是年少的冲动，还是一些其他的什么情感，连我自己都说不清了。我唯一能确定的是，我真的很喜欢她，把她当成了生命中最重要的人之一。"

"朋友以上。"刘辞往轻声说。

堂仕文清清嗓子，把话题引回正题："你这次为什么回国？"

"上周是璨璨的忌日，我像往常一样去给她扫墓。"

"我们查了你以前的入关记录，为什么这次你在国内待了两周？这可比以往的时间长上一倍。"

"这次来除了祭拜璨璨以外，还专程见了几个老朋友。"

"比如韦随荣？"堂仕文目光犀利。

"国内警察的效率果然高，这么快就查到了，这点可比美国强多了。"申薰鼓掌道，"是的，我是去见了韦随荣，而且就在他死前一天。"

刘辞往坐直了身子："你怎么知道韦随荣的死亡时间？"

"新闻里有报道。"看见刘辞往还想再说什么，申薰补充道，"那种马赛克在熟悉的人看来和没打没什么区别。"

"韦随荣被杀的时候，你在哪里？"堂仕文问。

"新闻里只说了他被杀的日期，可没有说具体的死亡时间。"申薰狡黠地眨眨眼。

堂仕文并不气馁："好吧，那天二十三点一刻你在哪里，做什么？"

"我在 G 市又没什么亲戚，大晚上的当然是自己一个人在家，我的酒店地址是……"

堂仕文飞快地记下，接着问，"八月二十日的二十一点一刻和八月二十四日的二十点半，你人在哪里？"

"还是在酒店里。"

"你在 G 市见了哪几个朋友？把会面的时间地点告诉我。"记下了她所说的内容之后，堂仕文说，"我会好好调查的。"

申薰做了个"请便"的手势。

挂掉视频电话之后，堂仕文咬着笔杆："你觉得申薰怎么样？"

"很有魅力。"刘辞往认真地说。

"你有种再说一遍，我录音给温澄听，看她不抽你。"

闻言，刘辞往愣了愣，苦笑着低下头，一言不发。堂仕文感觉到不对劲，凑到他跟前："怎么，吵架了？"

"她和我分手了。"刘辞往叹了口气。

堂仕文大感不解："好好的怎么突然就分手了呢？"

"唉，一言难尽啊，哪天有空再和你细谈吧。"

"那她回家了？她家可是在 H 省，坐高铁都要好几个小时。"

"我也不知道，她昨天晚上和我吵架，一气之下拉着行李就跑了。"刘辞往很郁闷，"我去追她，怎么拉也拉不住，还被她甩了一巴掌。我当时也是气昏了头，转身就走，把她一个人晾在路边……"

"大晚上的一个女生流落街头，该有多危险！"堂仕文斥责道。

刘辞往低下头："我当然知道。等这阵子的事情过去后我马上去 H 省找她。"

两人沉默了一阵子，刘辞往岔开话题："之前调查的郭博城和董菁在后面的两起案子中有不在场证明吗？"

"郭博城还是老样子，有家人的不在场证明，存在做伪证的可能性；董菁倒是有着充分的不在场证明，她在张家富被杀的晚上和朋友去酒吧玩，中途除了上洗手间花了十五分钟以外，其他时间都一直在吧台，她的五位朋友都可以做证。"

"上洗手间十五分钟？她掉坑里了？"

"听说是因为女厕排队的人太多，所以她才用了这么久。"

"案发现场距离那个酒吧……"

"超过五公里，就算是全速开车来回也要半小时。"

"这种不在场证明有可能造假吗？例如通过调节朋友的手机一类的诡计，酒吧那么黑，趁乱调一下时间也不是没可能。至于解锁密码，用'没话费''没流量'一类借手机的借口就能够轻易破解。"刘辞往说，"还有，董菁有没有可能在酒吧利用那空余的二十分钟把张家富给杀了，事后用行李箱或者汽车后备厢把死者运回了现场，而监控拍到的那个人只是她找来的演员。"

"第一种情况很值得研究。"堂仕文赞许地点点头，"但是第二种诡计是不可能实现的，只要查查尸斑的位置就很容易发现不对劲。"

"这种调查就交给你们了，我的专业帮不上什么忙。"

就在这时，堂仕文的电话响了，他按下接听键，和电话那头的人交谈了一阵，脸色宛如渐熟的蛋清，一点点地变白。

"你确定没有搞错？！"他几乎在对着听筒大吼，刘辞往从未见过他这么失态。

堂仕文僵硬地扭头望着刘辞往，像一个没上润滑油的机器人："辞往，出事了……"

"瞧把你吓的，到底发生什么了？"刘辞往很好奇。

"你可千万要冷静。"堂仕文按住他的肩膀。正在刘辞往不明所以之际，堂仕文嘴里蹦出的单字一个个窜进他脑海，组成了一个句子，他花了好长一段时间才理解了这个句子的真正含义。那一瞬间，他觉得自己的脑袋里似乎刮起了一阵风暴，每一个神经元都像一个暴风雪山庄，传向大脑和身体各处的信息都被阻断，他的手不知道怎么放，脚也不是自己的了，只剩堂仕文的那句话在脑海里到处乱撞，让他头痛欲裂。

"温澄死了。"堂仕文声音颤抖，"被红衣天使杀的。"

第十章　杨璨璨的日记（5）

1998 年 12 月 25 日星期五 雷暴

听到这句吼声，李文指了指桌上的闭路电视说："接下来的一切都是在警局里发生的，我们的监控都录了下来，你看这个吧。"

我关掉录音机，调整了座椅的位置，按下播放键。视频是黑白的，看起来不太清晰，不过我还是勉强能分辨出两个站在警局门口和警察起争执的人，一个正一瘸一拐地往里冲，被警察们堵在门外，另一个看站姿就很飞扬跋扈，正事不关已地看着好戏。他们两个正是刘隐和韦随荣。

"你们在干什么！"李文大声喝道，警察闻言都停下了动作。

"璨璨在哪里？快让我见见她！"

"你是谁？"

"我叫刘隐，是璨璨的朋友！"

李文瞟了一眼和他一同前来的男子，男子开口道："我叫韦随荣，也是璨璨的……朋友。"

"杨小姐还没有做好笔录，如果贸然与你见面，可能会引起记忆偏差，所以麻烦你等警方工作结束后再来吧。"

"璨璨到底发生什么事了？"

李文记得这两个人曾在杨璨璨的口供里出现过，出于刑警的本能，他打算从两人口中套套话，于是将他们让进了警局内。

在询问室里坐定，李文开门见山地说："杨璨璨被迷奸了。"说完，他紧紧地盯着两个人的脸，生怕错过任何一点微小的表情变化。

刘隐面如死灰地望着李文，似乎不敢相信自己的耳朵；韦随荣先是露出了惊愕的表情，随即怪笑了一声。

"这是……怎么回事？"刘隐艰难地挤出这句话。

"她在和你们喝酒的途中被人下了迷药，醒来之后发现自己身处一个招待所中，现场的状况显示她在昏迷期间和他人发生过性关系。"

"喝酒期间？"韦随荣皱了皱眉。

"是的，所以我需要调查一下你们俩当晚的行踪。"

韦随荣的表情变了："你是在怀疑我？"

"例行公事而已，请别在意。"李文面不改色。

韦随荣还想反驳，刘隐就将当晚的来龙去脉都说了一遍，和杨璨璨的证词基本一致。

李文点点头："在你出去追韦随荣之后又发生了什么？"

闻言，两人面面相觑，似乎有些尴尬，刘隐轻咳一声："当时……我跟着随荣一起跑出酒吧，我拉住他，让他和璨璨和好，但他很不情愿，还和我吵了起来，我们两个发生了口角，在路边僵持不下。后来随荣开着车先走了，我则回到酒吧，发现璨璨不在位置上，以为她等得不耐烦

153

先回去了，我也就一个人回家了。"

"是啊，这种人我真的多一分钟都不想和她待下去。"

李文接着问韦随荣："后来你去哪里了？"

"我……我就开车回去了呗。"韦随荣说，"结果半夜接到这家伙的电话，说璨璨出事了，非要拉着我一起去，我就开车过来了。"

李文沉思一会儿："我们在现场发现了犯罪嫌疑人留下的避孕套，里面有他的精液。"

刘隐语气缓和了一些说："这就说明可以进行 DNA 比对了，对吧？"

"没错。"李文面沉如水，"所以等下请你们两人都留一份样吧。"

询问室里的气氛再次变得诡异起来，犹胜刚才李文宣布杨璨璨被迷奸的程度。刘隐说话的语气里已经带上了火。"你居然怀疑我们？"

"例行公事而已。"李文不为所动。

"开玩笑！"韦随荣重重地拍着桌子，桌上的记录本震了震。"你有什么理由这么做？"

"没有任何理由，只是碰巧遇上你们，顺手做个比对。"

"你信不信我让我爸找人整你？"韦随荣拍案而起。

"配合警方的工作是每个公民应尽的义务。"李文的口气不容置疑。

"冷静点，这是在警察局！"刘隐拦住了韦随荣，扭头对李文说："好，我们愿意配合调查。"

"你什么意思？"韦随荣推了刘隐一把，刘隐跌坐在位置上。

"你别太放肆！"李文也有些恼了。

韦随荣怒极反笑："不就是DNA比对吗？我做就是了，到时候结果不符合，我看你们有什么话说！"

"那请你们跟我来。"

"要怎么做？"刘隐问。

"去采个血样就行，很快的。"

"采血的话我没问题。"刘隐显得有些为难，"不过随荣他……"

"他怎么了？"

"他晕血。"

场面再度诡异地静默了一阵子。鉴于清晰度的缘故，我看不清视频里众人的表情，只是看到李文望了望韦随荣，韦随荣也看向刘隐，良久韦随荣才略带结巴地说："他说得没错，我晕血。"

"那就取毛发吧。"刘隐提议。

两人跟着李文走到了鉴定中心，值班的工作人员帮刘隐采了血，韦随荣好像很怕疼，一手按住发根，另一手用力扯下好大一把头发，交给了工作人员。

"谢谢你们的配合。"

韦随荣余怒未消："我可以走了吗？"

"请便，结果出来之后会通知你们一声。"

"我在这里等璨璨。"刘隐坚定地说。

"好吧，我看你腿脚似乎有些不方便，就别站着了，跟我来坐坐吧。"

"刚刚赶来时太急了，不小心摔了一跤。"

"挺关心她的嘛。"李文难得地开了个不咸不淡的玩笑。

刘隐挠挠头，似乎腼腆地笑了。

视频结束，房间重新归于静默。

"这就是我在这段时间里经历的一切。"李文跟我说完时，外面的天空已经放晴，风流云散，统治这个城市一整夜的阴霾消失得无影无踪，太阳照常升起，城市的每一个零件都继续着往常的运转。

只有我自己知道，我变了。

"还有多久……"我声音低沉地问，"还有多久能抓到？"

"这个……"李文一时语塞，"这起案子的诡谲程度几乎超过我们以前遇到的所有案子，我们真的不敢夸下海口，不过……"李文认真地望着我，语气恳切，"我保证我们会投入一百二十分的精力，不追查到犯罪嫌疑人誓不罢休！"

十分钟后，我离开了询问室，像一具行尸走肉。

刘隐坐在警局门口，昏昏欲睡，听到脚步声的他醒了过来，望向我，迷糊的表情慢慢舒展为激动。他跑到我跟前，双手抓住我的肩："璨璨，你没事吧？"

刚经历那种事的我非常抗拒被男子触碰，下意识地打开了他的手，场面一时有些尴尬。

刘隐却毫不在意："我送你回家吧。"

我一言不发地点点头。

我们俩打了辆出租车，回到了家里。刘隐让我在沙发上等一下，他下去帮我带早餐。随着房门被"砰"的一下关上，整个房间回归宁静。窗帘没有拉开，室内所有物体都呈现一种了无生气的灰色，聚积在房间里的潮气游荡在我身体四周，即使是厚厚的棉衣也无法抵御这种刺骨的寒冷。

我裹紧了衣服，战栗感从四肢逐渐扩散到全身。我起身冲向浴室，把水温调到最高，胡乱地扯掉衣服，感受着热水的温度，这才有些安全感。

　　可就在我内心稍安的时候，一阵异样又从我的下体传出。轻微的疼痛，伴随着撕裂感过后的灼烧，我觉得有些眩晕，扶住墙壁才没有摔倒。

　　泪珠穿过氤氲水气，从脸上滚落到地上，和水流一起流入下水道。

　　我哭了起来，声音在狭小的浴室里不断叠加，越来越响。

　　我抄起盥洗台上的香皂，把全身上下擦了个遍，接着用搓澡巾来回地在身上搓，仿佛环卫工人在用钢丝球清理街边灯柱上的小广告一样，白皙的皮肤被搓得通红，但我却根本感觉不到痛。

　　直到刘隐连续敲了几次浴室门，见我没有回应冲了进来之后，我还在专心致志地搓着，皮下已经泛起一片片的血点。

　　"好脏，要洗干净，一定要洗干净……"

　　"璨璨！"刘隐大叫着，赶紧冲过来关上了水龙头，然后扯过浴巾给我披上。我甩开浴巾，伸手重新打开水龙头，继续用滚烫的热水在身上冲洗着。

　　当刘隐再一次伸手想去关水龙头时，我用上了全身的力气，抓住了他的手腕。刘隐吃惊地望着我，我回望着他，表情平静。

　　"看够了吗？"我冷冰冰地说。

　　刘隐缓缓地放下手，默默退出了浴室。

那天，我洗了整整三个小时的澡，出来的时候整个人身上都脱了一层皮，如同一个血人。

1998 年 12 月 29 日星期二 雨

这几天我都窝在家里，把窗帘和门关得死死的，就像是一条缩在茧里与世隔绝的毛毛虫。只是毛毛虫终有一天会变成美丽的蝴蝶，而我则会在暗无天日的蛹里腐烂发臭。

我很确信，将我迷奸的人就是刘隐和韦随荣当中的一个，或者是他们指使那几个小混混做的，不过后者的可能性比较低，因为按照他们两个的性子，应该不会把我让出去才对。

这些猜测没有任何凭据，仅仅是出于我的直觉。

可就在那天，我再次等来了令我震惊的消息，程度比我听到现场是个密室时更甚。

"刘隐和韦随荣的DNA鉴定结果都与现场遗留避孕套中的精液不符。"李文的叹息声从电话那头传来，"不仅如此，我们甚至将张家富和林强两个人的DNA也进行了比对，结果都不符合。"

我的手使劲地颤抖着，几乎让我拿不稳电话："肯定有其他人帮忙！你们快去查查！"

"我们查过了，他们几个人这一个月内每一条通话记录，甚至他们住宅、单位附近的监控摄像头我们都调查过，虽然不敢说百分百肯定，但是他们伙同其他人对你实施迷奸的可能性很低。"

蛹壳上最后一丝透入阳光的缝隙闭合了。

后来，我去警局补录口供时，看到了警方对张家富和林强进行问讯时的监控视频。画面中，两个流里流气的男子随意地坐在座位上，一副嬉皮笑脸的模样。他们在大冬天也身着一身薄薄的黑色皮衣皮裤，裤子上挂着铆钉和铁链，染得花花绿绿的头发轻轻地摇摆，宛如两个鸡毛掸子。

"阿Sir，我们真的是冤枉的啦！"张家富学着中文配音版的港剧里古惑仔们的口吻，原本文在大臂上的狼因为肥肉堆积在一起，而变成一个没有脸的滑稽怪物。

"好好说话。"李文表情威严。

张家富一点也不尴尬，继续堆笑道："李警官，我们虽然平时手脚是有些不干净，可是迷奸这种大罪我们可不敢干啊！"

"就是就是，我们和这附近的警官都是老相识了，您不信可以去问问他们，我们确实不算遵纪守法的好公民，但是犯罪的事情是绝对不敢碰半分的。"林强给李文敬烟，被他拦了下来。

"那你们说，你俩25号晚上七点之后去了哪里，干了什么？"

"我们俩当时在路上闲逛。"两人异口同声。

"没去奔特酒吧和附近那座招待所吗？"

"去过酒吧，没去过招待所！"两人再次同时开口，"我们俩大男人，去招待所干吗？"

"那你们去酒吧干吗？"

林强说："还能干吗？不就是乐和乐和呗！"

"是啊，看看能不能蹭到酒喝，顺便找找落单的漂亮小

159

姑娘。"张家富补充道。

"小姑娘？"李文冷哼一声，"你们有没有见过她？"说着把一张照片放在他们面前，那应该是我的证件照。

"哟，这妞长得挺标致的嘛！"

"别废话，就问你们在酒吧时见没见过。"

"酒吧光线不好，就算真的碰上了，也认不出来。"林强理所当然地说。

"而且当时咱哥俩喝了酒，有些迷糊，记不太清了。"张家富补充道，两人就像一对默契的相声演员。

"两个油腔滑调的东西，等下把你们分开问，看你们露不露馅！"

我看得不耐烦，关掉了视频，回头问李文：

"之后的问讯也没有结果，对吧？"

"是啊，他们说的内容基本一致，再往细了问就推说记不清了，肯定是对过口供的，只是光凭这点疑点，我们没法拿他们怎么样。"李文无奈地说。

我像浑身力气都被抽走了一样，仿佛一个软体动物，从沙发上软绵绵地滑下。

要是从此以后再也抓不到犯罪者，我该怎么办？我开始考虑起我从未考虑过的问题。

"杨小姐，请你放心……"

"我不是小姐！"连我自己也不知道我哪根筋搭错了。

李文明显被我吼蒙了，一时间也不知该说什么。

"对不起，我……"我冷静下来，虚弱地道歉。

李文跟我说了些宽慰的话，随即把我送出警局。我能感受到他的无奈，可是我没力气顾及那么多了。我将手包重重地砸向墙壁，包里的物件纷纷掉出来，在地上滚啊滚的。

　　我蹲下身，抱着腿，低下头失声痛哭。

1998 年 12 月 31 日星期四 雨夹雪

　　我的状态一直很不好，每天都要洗上几小时的澡，即使身上的皮肤都因此溃烂我也在所不惜。刘隐不放心我的安全，强行留住在我家，帮我叫了医生，生理上的心理上的都来了。在药物和心理疏导的作用下，我总算是有所好转，不再每天都在浴室里搓上几个小时了，但也仅此而已。

　　我变了，变得沉默寡言，再也不会像以前那样用可以称得上是颐指气使的语气对其他人说话了。我就像是一潭死水，虽然还未发臭，但是永远都不会流动，只是静静地倒映着阴霾的天空，没有微风荡起涟漪，没有游鱼在水草间嬉戏。

　　其间我又接到过李文的几次电话，不出所料，酒吧方面一无所获，倒是招待所方面有一些不知能不能称得上线索的发现：201 室的地漏在第二天堵了，这种招待所的排水管道都是相连的，只要一层堵了，楼上的水都下不来。装修工人打开地漏，发现里面塞着两块香皂，上面还缠着暗金色的头发——后来经过比对，那是我的头发。很明显，香皂这么大的东西是不可能整块掉进地漏的，但是犯罪嫌疑人将其放在里面究竟有什么意义，它们和密室的形成有什么关系，这一切暂时不得而知。

　　同时，经过走访，招待所的保洁人员回忆，案发当天凌晨大约零点时分，二楼曾经有过短暂的停水，时间大约只持续了三十秒，当时保洁人员刚好在清理一个喝醉酒的客人的呕吐物，一直开着水龙头来冲洗拖把，因此印象比较深。后来警方向其他楼层的保洁人员求证，证明当晚只有二楼有这样的情况发生。

这家招待所一层楼用一个水表和一个水阀，水阀的开关就在走廊尽头，谁都能够打开和关上，至于案发时间段停水究竟是犯罪嫌疑人故意为之，还是其他客人的恶作剧，依然无人知晓。

我在家休养了半个月，这段时间一直是刘隐在照顾我，他每天都给我买好吃好喝的，变着法地逗我开心。老实说，如果没有他在旁边开导，我自己会坚持不下去的。

如果我能喜欢上你，那该多好啊。我时常望着刘隐做家务的背影，感动又无奈地想到。

第十一章 天 罚

里三层外三层的人墙将这条小巷围得水泄不通。小巷的两侧都是破旧的老楼，即使是大白天，巷子里也十分阴暗，一股闷臭的潮气积在其中，久久不散。巷子口的地面上画着两个白圈，应该是昨晚有人在此祭奠先祖，早已燃尽的蜡烛已经倒下，烛身上红黑相间，就像是倒在巷子中的那个少女，浑身浴血——凝固成红黑色的血液。

尖锐的警笛声盖过了所有人的交头接耳，他们扭头看去，红蓝交替的光幕之中，一个年轻人在车还没停稳之时就迫不及待地跳下了副驾驶席，向着人群奔来。人们不自觉地给他让开了一条路，年轻人冲到警戒线前，看守的警察想伸手阻拦，却被他迎面撞了个趔趄。

"放我进去！"刘辞往声嘶力竭地大吼，几乎要把两名警察的耳膜震破。

"闲杂人等不得入内！"警察觉得面前这个人大概是疯了，他们两人几乎都按不住他。

堂仕文终于从车上下来，死死拽住了他，没想到刘辞往居然奋力挣脱，随即结结实实地摔在地上。他手脚并用，踉踉跄跄地往巷子里奔去。堂仕文连忙上前搀扶他，跟着他一起走进

163

现场。

巷子尽头的地面上，一段人形白线躺在已经发黑的血泊中，一名法医正拉上尸袋的拉链，刘辞往冲到他跟前，把他吓了一跳。刘辞往粗鲁地推开法医，拉开了拉链，一张毫无血色的脸出现在他面前。

温澄安静地躺在尸袋中，苍白的面庞表情祥和，乍一看像是忘记卸妆就睡着的粗心少女，但刘辞往知道她再也不会醒过来了。

堂仕文伸了伸手，似乎想要拦住他，可看到他的样子，最终还是把手放下了。看到这幅场景，法医也耸耸肩，识趣地离开了。

刘辞往把尸体边的证据编号台卡拿了起来，抽出下面的 A4 纸，纸张表面是已经凝固的血字。

你最好注意一点自己的行为，不要再继续深入了。这次只是一个警告，只拿你女朋友开刀，要是有下一次……十年前我能不留痕迹地杀掉你父母，十年后我同样也能杀掉你！

"这是红衣天使留在现场的警告。"堂仕文叹了口气，"看样子是用衣服包裹住手指，蘸着血写的，无法做笔迹鉴定。"

刘辞往忍住了将纸张撕碎的冲动，将它扔到了一边，吓得堂仕文赶紧接住，不让这份重要证据被风吹跑。刘辞往没有理会堂仕文，伸手想要抚摸温澄的脸，但是手指却在大幅度地颤抖，他伸出另一只手紧紧握住了颤抖的右手，然而无济于事。他发泄似的用力将手砸在地上，沉闷的敲击声传来，指节处登时鲜血四溢。

"辞往，你别这样！"堂仕文看不下去了，想要阻止他的自残，可刘辞往只是用力地甩开了对方的手，继续跪坐在地上。

"澄澄……"他喃喃低语，用终于不再颤抖的手轻轻拨开温澄的刘海，"那天晚上我不该……不该对你那样的……"他的手顺着脸颊滑下，轻柔地抚摸着她的嘴唇，手上的鲜血寻着他手移动的轨迹，在温澄脸上留下血痕，染红了她的唇，仿佛给她涂上了一层亮红色的口红，妖冶的唇色和苍白的脸颊形成鲜明的对比，产生了一种变态而又凄凉的美感。

啪嗒，啪嗒。泪水滴落在坑坑洼洼的地面上，灰尘和泥土被汇聚成一团，晶莹无色的泪水变成了浑浊不堪的污渍。

刘辞往终于哭了出来。

他的声音不大，听得出来是在极力控制，可就是这微不足道的声音让所有的嘈杂都渐渐归于平静，在场的所有人都望着他，听着他的喘息和抽泣，听着他时断时续的哽咽。刘辞往感觉自己的头脑有些不清醒，好像是因为长时间的哭泣让他头脑缺氧，他深吸几口气想让自己缓过来，可是止不住的抽泣令他剧烈地咳嗽起来。

堂仕文终于看不下去了，来到刘辞往身后，双手从他腋下穿过，将他架了起来，不由分说地把他往现场外拉。刘辞往挣扎无果，便放弃了反抗，任由堂仕文拖着他一步步地远离温澄的尸体。

在即将走出警戒线时，刘辞往凝视着法医拉上尸袋的身影，声音低沉却恶狠狠地说："我一定会杀了你，红衣天使！"

堂仕文的办公室中，刘辞往蜷缩在沙发的角落里，犹如冬夜无家可归的流浪汉在天桥的桥洞中瑟瑟发抖。堂仕文倒了一杯热水，放在他面前的茶几上，随后在他身边坐下，一言不发地拍了拍他的肩膀。

刘辞往抬头望了望他，然后继续把头埋进膝盖。堂仕文盯着他涣散的双眼，感觉自己正在盯着一潭死水，没有拂过的微风，没有游动的鱼群，没有点水的蜻蜓，荡不起任何涟漪，只能等待着潭水逐渐腐臭。

"我……很抱歉。"堂仕文终于开了口，声音中却满是无力感，"我没想到凶手会对她下手……"

"别说了。"刘辞往轻轻地说。

"人死不能复生，请你节哀顺变。"堂仕文搂了搂刘辞往的肩膀，却被他一把推开。

"我让你别说了！"他大吼着，唾沫星子溅了对方一脸。"会走到今天这一步，还不是因为你们？！如果你们能在十年前就捉住杀害我父母的凶手，如果你们能在韦随荣被杀的时候就锁定嫌疑人，事情哪里会变成现在这个样子？！"

堂仕文望着他，没有反驳。

"都是你们害的……澄澄本来可以不用死的！！"说到最后，刘辞往再次泣不成声，他抓住堂仕文的手臂，身体慢慢滑倒在地。这次哭声不同于巷子中刻意压抑过的低声哭泣，而是夹杂着愤怒的哀鸣。

良久，他终于平静下来。堂仕文拍拍他的背："好些了吗？"

刘辞往默不作声地站起来，坐回到沙发上。

"对于温澄的死，我们真的感到很抱歉。"堂仕文郑重地朝刘辞往鞠了一躬，"不过请你相信警方的能力，我们不是抓不到凶手，而是需要时间。你知道，一一〇接警中心每天会接到各式各样的报案上百起，即使每个案子只投入一名警察，我们的警力也是捉襟见肘。红衣天使案确实重要，社会影响极其恶劣，可倘若一味地投入所有警力，其余的案子我们难道都不用管了吗？那些抢劫的、入室盗窃的、诈骗的，相比起红衣天使都显得微不足道，难道我们就要因此让他们先靠边站，让那些受害人先等等？"

刘辞往没有说话，只是静静地凝视着面前茶杯上缥缈的水气。

"凶手在现场没有留下任何明确的指向性证据，所以我们只能通过大面积的撒网式排查来缩小嫌疑人的范围，这是十分耗费警力和时间的事。不可否认的是，这次的红衣天使案很受重视，几乎整个G市的所有警力都被调动起来，省里还派了专家过来协助调查。只要给我们足够的时间，凶手一定会被绳之以法。"堂仕文扶正了头上的警帽，"我以我头顶的警徽发誓！"

刘辞往微微偏过头看着他，终于沙哑地开了口："告诉我澄澄被杀的经过。"

堂仕文毫不迟疑地说："今天中午，一名在附近拾荒的乞丐进入巷子里捡垃圾，发现了倒在血泊之中的温……死者，他被吓得瘫软在地，连滚带爬地去附近的派出所报了警。警方立即赶赴现场，在巷子里发现了死者以及她的拉杆箱，红衣天使的标志性口罩也落在旁边。经过法医的初步检验，死者的背部中了十刀，导致肾脏和肺部破裂，这是直接死因。死亡时间推定在昨晚十一点五十分至今天凌晨零点十五分之间。根据死者口部周围的瘀青推测，凶手是从后一只手捂住死者嘴巴，防止其大声呼救，另一只手用刀猛捅死者后背十次，在其因疼痛失去意识后逃之夭夭。

"值得一提的是，我们在现场发现了死者和凶手的脚印。从脚印分布来看，凶手似乎是从背后快步追上死者，但是在死者进入小巷之后却骤然停步，转而绕向旁边的大路，从小巷的另一边冲进来，赶上还没来得及走出巷子的死者。死者这时感到不对劲，于是扭头就跑，连箱子也不要了，可她还是没能跑过凶手，被他从后面追上，按前述方法杀掉了她。"

"凶手这么做是为了避开周边的监控？"

堂仕文无奈地摇摇头："那个巷子的两侧都是好几十年前的老房子，周围没有监控摄像头。温澄在本市有一个朋友，住得离你家不远，这是必经之路，当晚她应该就是去投宿的，谁知道……"

两人再度陷入沉默。堂仕文感觉自己被这股气氛憋得有些胸闷，接着说："我们检查了温澄的拉杆箱，里面装的全是她的换洗衣物，她的钱包和手机也都掉落在身边，暂时没发现有遗失的物品，不过我还是希望你跟我们去检查一下。"

"澄澄的父母知道这件事了吗？"

"已经派人去通知他们了，听说两人正在赶来的路上。"

刘辞往抬起头，用复杂的目光望着堂仕文问道："澄澄的尸体需要解剖，对吗？"

堂仕文点头道："这个规定你应该在十年前就知道了，很抱歉，我没办法帮你。"

"放心，我知道轻重，我不会阻挠你们尸检的。"刘辞往顿了顿，"只是我希望能知道详细的尸检结果。"

"好吧，你是死者的恋人，按理来说也有权知道这些。"堂仕文点点头，"对了，你之前是不是查出了什么对红衣天使非常不利的证据，要不然对方为什么要杀了温澄来警告你？"

刘辞往的十指深深插进头发里："我想不起来……"

"你一定发现了什么，所以红衣天使才临时起意，对温澄下手。"

"如果真是这样，我会快点儿想起来，把那个浑蛋揪出来的。"刘辞往苦涩地笑笑，生硬地转移了话题，"接下来你打算怎么办？"

"我要去一趟剧透屋。"堂仕文攥紧了手中的卷宗，"事情到了这一步，我必须让霍雨薇全力协助调查，这样必定能够早一些破案。"

"我回去休息一阵子，等尸检结果出来之后你再联系我吧。"刘辞往站了起来，后背和肩膀塌了下去，像一个迟暮老人。"我有点累了。"

"什么？那个小鬼的女朋友被杀了？"霍雨薇的声音即使隔着厚厚的门板也能听得到，门外看书的顾客朝剧透屋望过来，一脸不明所以。

"是啊，辞往都快疯了。"堂仕文补充道，"我也快疯了。"

"事情越来越扑朔迷离了。"霍雨薇用手指不停地卷着发梢，深亚麻色的头发被卷成一团。"刘辞往究竟发现了什么，让红衣天使甘愿铤而走险，发出这么严厉的警告？"

"我问过辞往了，可他怎么都想不起来，还是让他先冷静一下吧。"

"红衣天使之所以不直接杀刘辞往，一是因为他体格健壮，难以制服；二是因为你一直在他身边，凶手有所忌惮。"霍雨薇思忖道，"不过既然你们一直在一起，他查出了什么，你怎么会不清楚？"

"我们也不是总在一起，在我工作忙的时候，他也会自己调查的。"堂仕文说，"不过现在案情明朗了一些，除了温澄，其他三名死者都和二十年前的密室迷奸案有关……"

霍雨薇一怔："你刚才说什么？"

堂仕文不明就里地重复道："我说前三个死者和密室迷奸案有关，怎么了？"

"你怎么知道他们和二十年前的旧案有关系？"霍雨薇用双手把身子撑了起来，两人之间的距离骤然拉近，她的刘海都能碰到堂仕文的额头了，这让他有些脸红。

"我、我不是给过你杨璨璨的日记吗？这三个人都出现在上面过。"

霍雨薇猛地拍了自己额头一巴掌，整个人跌进靠椅中。她连忙拿出日记本，开始快速翻阅，嘴里不断念叨着："我怎么会犯这么大的错误……"

"你……还没读完这本日记吗？"

"这两天过来让我帮忙解谜的人太多了，我根本抽不出时间！你知道最近很火的长篇小说《护陵手记》吗？就是那个作者前两天过来找我，害得我浪费了好多时间！"霍雨薇对此很是懊恼，"别吵我，我要把这本日记从头到尾读一遍！"

接下来的几小时里，霍雨薇果然把全部的精力都放在了日记本上，她作为纸之时代书屋的主人，平时没事干就喜欢闷在剧透屋里读书，因此对于文字信息的处理快速而精准，即使是一目十行也能准确地把握作者想要传达的情感和思想。杨璨璨的日记本来是只写给自己一个人的，无数琐碎的事情拼接起来的内容自然不比小说或者文献好读，其中层出不穷的语病更是非常影响阅读感，可即便是这样的作品，霍雨薇也能以读小说的速度流畅地读下去。

这时，堂仕文的手机震动了起来。霍雨薇非常讨厌有人在自己的书店里看书或者自习时还不把手机调成静音或者震动，一般遇到这种顾客她都是直接轰出去的，就连好友堂仕文也不例外。他走到窗边，接通了电话。

"头儿。"那边传来他手下的一个警员的声音，"我们查到了，在张家富和林强被杀的当天，有一个女人跟他们有过接触！"

"是谁？"

"韦随荣的大学同学——申薰！"警员很兴奋，"虽然她每次到现场时都戴了帽子，但是通过分析周围的监控录像，我们还是把她认了出来！"

"这家伙……"堂仕文陷入了沉思。

挂掉电话，堂仕文拿出一张纸，梳理了几起案件的情况。目前来说，三个嫌疑人当中，申薰的嫌疑是最高的，其次是董菁，最后是郭博城。

接着他结合所有涉案人的笔录，又整理了一遍案子的疑点，咬着笔头思忖了足足有一小时。

这时，霍雨薇手里的日记本已经被翻看了一半。堂仕文感觉自己依旧毫无头绪，只能在屋子里来回踱步。也不知道过了多久，他无聊到都打算尝尝霍雨薇首次将咖啡豆和铁观音一同磨碎，再添加红牛调味制成的提神饮料，正在回忆自己买的意外身亡险保不保食物中毒时，霍雨薇终于将厚重的影印本往桌上一摔，大口地灌了那杯堂仕文犹豫了十分钟都不敢喝的饮料，长舒了一口气："终于看完了，二十世纪少女的心思真可怕，居然能写这么多东西。"

"你不也没比她大多少岁吗？"

"拜托，杨璨璨被杀时已经三十多岁了，我今年刚研一辍学，比她小了差不多一轮好吗！"

"别激动别激动，我是说你和她写日记时的年龄相比。"堂仕文第一次发现，对除了谜团以外的任何东西都不感兴趣的霍雨薇竟这么在意自己的年龄。"那么，你发现什么了吗？"

"最直接的感觉是，这几起案子真是太诡异了。"霍雨薇眉头紧蹙。

"很诡异吗？虽然案子情况比较复杂，牵扯的人物和时间都很广，但是比起我们以往办过的案子好像也没差多少，你还记得上次我们在矮山塘精神病院见到的欧寻峰吗？他跟我们说过的后悔药案难道不比红衣天使案更诡异？"

"我口中的诡异和你说的诡异不是一个东西，用推理作家来打比方的话，你说的是约翰·迪克森·卡尔式的诡异，而我说的是阿加莎·克里斯蒂式的诡异。"看到堂仕文脸上疑惑的表情，霍雨薇进一步解释，"卡尔式的诡异体现在案情的扑朔迷离和不可思议上，而阿加莎式的诡异则体现在人物关系的错综复杂以及案件背后隐藏的秘密上。红衣天使案表面上很简单，只有密室迷奸案和刘氏夫妇被杀案存在不可能犯罪，可实际上这么多案子给我们展现的内容，仅仅只是冰山一角，隐藏在海面下的巨大秘密，都是我们还没触及的。"霍雨薇深吸一口气。"其中最能够体现这一点的，便是凶手的动机。"

"动机？"

"你不觉得奇怪吗？案件调查了这么久，出现了这么多个嫌疑人，每一个人看起来都有充分的作案动机、时间和能力，可深究之下每个人又都不存在杀害除了和自己有仇的人以外的受害者的动机，如此一来，警方惯用的从死者社会关系入手的调查方法便受到了极大的阻碍。"

"也就是说，如果凶手的动机被挖掘出来，所有谜团就都能迎刃而解了？"

"我有这种预感。"

堂仕文露出沉思的表情，忽然他脸色一变，从惊愕转为惊喜："我想到了！"

"什么？"

"我想到了一个能够解释上述诡异动机的解答！"

霍雨薇来了兴致，示意他说下去。

"听好了，韦随荣案、张家富案和林强案的凶手，都不是同一个人！"

"你是指存在三个不同的凶手？"

"没错！这样就能完美解释你提出的疑问了！"堂仕文口若悬河，"杀害韦随荣的凶手是和他有仇的 A，杀害张家富的则是另一个 B，林强案的凶手则是 C，三人之间互不相识，B 通过媒体了解到 A 杀害韦随荣的经过，突发奇想地模仿 A 的杀人方式杀掉了张家富，将罪行嫁祸给 A，C 也从中受到启发，如法炮制，所以我们没办法找到同时有动机杀掉三人的凶手！"

霍雨薇一言不发地盯着满脸兴奋的堂仕文看了好一阵子，看得他脸上激动的表情一帧帧地收敛成尴尬，这才开口："你这个异想天开的解答作为推理小说的结尾还凑合，但是在本案中明显不合适。"

"为什么啊？"堂仕文很不服气。

"很简单啊。"霍雨薇面不改色地喝了一口已经冷掉的饮料，"因为他们虽然可能知道案件的大致情况，但根本不可能了解凶手犯案的详细经过。张家富案和林强案发生时，附近的监控摄像头都拍到了凶手的身影，当时他们都穿了那套星期天的衣裤，这可是警方在公开报道中没有披露的内容，倘若真有三个凶手，除非他们都是本次专案组的成员，否则不可能知道这么隐秘的情报。"

堂仕文有些泄气地靠在椅子上："那还有什么说法能够解释这种情况？"

"还有一个啊。"霍雨薇用陶瓷小勺搅拌杯底的残渣，"刘辞往是凶手。"

堂仕文足足花了一分钟来理解她这句话的含义。

"你是在和我开玩笑吧？！"

"是的，没错，我就是在开玩笑。"霍雨薇表情依旧淡定，"你不觉得这个解答更符合推理小说对于凶手身份意外性的要求吗？"

"是很符合，不过就算是小说也得能自圆其说！韦随荣被杀当晚，辞往可还在广州和温澄腻歪得不亦乐乎，第二天早上两人才搭上回来的动车。我还专门联系了他们两个去过的景区，调取了当天的监控录像，证实他们一整天确实都在广州，连用那些推理小说里两地来回跑的杀人诡计的机会都没有。从时间上来说他根本不可能完成这一连串的杀人案，这第一起案子的作案条件就无法符合，别说之后的案子了！"

"所以说我是开玩笑的。"霍雨薇示意他冷静，"我只是想告诉你，能够解释动机问题的解答要多少有多少，我和你随口就能说出两个来。可无论是天马行空的解答还是普普通通的解答，都必须要经得起逻辑的检验和推敲。破案靠的是逻辑推理能力，不是想象力。"

堂仕文点头赞同，这一原则一直都是警方办案的宗旨。

"我现在将至今为止出现过的所有案子里的问题都列出来，之后调查和推理的重心都要集中在上面。"霍雨薇拿着马克笔，用手一推桌子，整张椅子倒滑出去，在足有两人高的落地窗前停下。落地窗外的景致美不胜收，清澈见底的江水被水底茂盛的水草染成翠绿色，宛若一条绸带，环绕着不远处秀气山峰的蛮腰。她按了墙上的一个开关，原本透明的落地窗慢慢变为乳白色，如画美景也逐渐被遮挡，同时两人头顶的灯光缓缓变亮，将房间照得通明，和刚才被日光装满的亮度相比也没什么两样。

霍雨薇运笔如飞，在已经变成白板的落地窗上快速地书写着，她的行楷富有女子笔锋的娟秀，又不失男子笔锋的大开大合。正在堂仕文一边欣赏一边感叹之际，她已经列出了密密麻麻一大板内容。

一、密室迷奸案

1. 凶手是谁？

2. 那人为什么要把现场布置成那个样子？

3. 招待所的密室是怎么形成的？

二、刘氏夫妇案

1. 凶手是谁？

2. 监视密室是怎么形成的？

3. 凶手制造密室的动机是什么？

4. 凶手的杀人动机是什么？

5. 杨璨璨弥留之际，为什么不想办法留下凶手的姓名？她的尸体没有被强行控制的痕迹，是什么阻止她留下指证凶手的信息？难道她不认识凶手吗？可若是这样，凶手又为什么要杀他俩呢？

三、韦随荣案

1.凶手是谁？

2.凶手的杀人动机是什么？

P.S.这两条同样适用于之后的张家富案和林强案。

四、张家富案

1.桌子边沿的血迹是怎么留下的？

2.凶手为什么单单擦掉这里的血迹？

3.房间正中央的脚印为什么会呈现并拢状态？一般人站定时两脚之间会存在一定角度，或者是之间有一定距离，凶手当时以那么别扭的姿势站着是为了什么？

五、林强案

凶手是怎么找到防盗窗的钥匙的？

六、温澄案

1.死者背部为何会中了这么多刀？从韦随荣案到林强案，死者身上的刀伤递减，这正符合凶手逐渐习惯杀人的行为模式和心理画像。可这次死者后背反常的十刀与此前出现的趋势不一致，是因为凶手在杀人时遇到了变故吗？

2.凶手为什么要舍近求远地绕到巷子的另一端杀掉死者？

密密麻麻的一大板文字让堂仕文有些头晕。霍雨薇盖上笔盖，用手指灵活地转动着马克笔，同玩头发一样，这是她处于思考状态时的习惯性小动作。

"前两个问题都过了这么久，想要解开非常难，只能靠想象力了。"堂仕文说，"或许我们可以将之前被推翻的解答进行组合，得出一个能够解释得通的结论。"

"比如？"

"比如刘氏夫妇案的监控密室中，凶手带上足够的水和食物，提前一段时间潜入二栋，在通往顶楼的楼梯间里躲藏了一段时间，因为天台的门是锁着的，几乎没人会到那个楼梯间去，所以他不会轻易被发现。在上面生活了几天后，他去杀了刘氏夫妇，让同伙用纸箱把他搬出来，而原本留在顶楼的生活痕迹也会被大火吞没。"

"说得很有道理，不过你真的觉得这么简单的诡计当时你们队长会想不到吗？"霍雨薇的话把他噎住了，"凶手最多能在楼顶生活三五天，超过这段时间被发现或者自己撑不下去的概率就会大大增加，当时你们队长肯定调查过案发前至少一个星期的录像，既然没发现只进不出的可疑分子，就说明凶手没用这个诡计。"

霍雨薇这么一说，堂仕文也没辙了，只能不停地挠着头发，盯着她认真思考的面容发呆。

"你让我好好想想。"霍雨薇再次按了一下按钮，乳白色褪去，落地窗外的景色再次映入眼帘。不知不觉间已近黄昏，太阳已经有一半沉到远山的背后，绚烂的晚霞在天角铺开，把天空染成粉色。

"对了。"霍雨薇目光飞向远方，"上次让你查张家富案中，那对并拢足迹的正上方有什么的事，你查到了吗？"

"哦，你说那个啊。"堂仕文说，"我们再次回到现场调查，发现那里的天花板上有一块木头雕成的装饰，因为房子的年份比较久，所以木头变得很软。我们在木头里发现一道很小但是很新的刻痕，长度只有一厘米左右，看刻痕里面的污渍，痕迹应该是在最近一周内形成的。"

"那间房的天花板到地面的高度是不是比普通民房的要高？"

"是的，高得还不少。"堂仕文不明白霍雨薇这样问的用意。

"果然如此吗……"霍雨薇的脸庞被金色的阳光照亮，落地窗上的玻璃反射出她翕动的嘴唇，"都过了这么久，这件案子也该落幕了。"

房间里没有开灯，厚重的窗帘将光线阻挡在窗外，从缝隙中投进来的光也被窗户上的防晒隔膜滤成了蓝色，给整个家增添了淡淡的忧郁气氛。

或许不能称之为"家"，而是叫它"一幢房子"更合适。

刘辞往躺在沙发上，一堆啤酒瓶和啤酒罐散乱地丢在木地板的各个角落，外卖盒堆积如山，绿头的和红头的苍蝇在上面和谐相处，共同繁衍后代。

刘辞往随手从沙发下捡起一个酒瓶，仰头张开嘴，往里倒了倒，空无一物的瓶子里只滴下一滴黄色的液体。他舔了舔，觉得有些变味，便随手将酒瓶扔到角落，玻璃瓶"哗"的一下摔碎了，发出刺耳的响声。刘辞往毫不在意，再拿起一个易拉罐，里面依旧倒不出酒，他仍旧随手将它扔远，这次发出的是叮叮当当的清脆响声。刘辞往好像觉得很好玩，咧嘴笑了笑，再次拿起一个易拉罐扔了过去，声音再次响起，他笑得更开心了，像一个买到新玩具的孩子。

肆无忌惮的笑声在屋里回荡，笑着笑着，那声音却急转直下，犹如劣质的小提琴拉出的变调音符，变成了极度难听的哭声。

　　"事情为什么会变成这样？！"刘辞往涕泪横流，"澄澄，我是真的很爱你的……"

　　刘辞往保持这样的状态已经好几天了，自从知道温澄的死讯之后他就把自己关在家里，足不出户，靠着啤酒和外卖度日，仿若一具失去灵魂的行尸走肉。他毫不怀疑，只要再保持这样的状态几天，自己绝对会死在家里，给本就闹得沸沸扬扬的红衣天使案再添一份伴奏。

　　忽然，电话铃响了，打破了屋子的静谧。刘辞往并不理会，依然缩在沙发里。电话响了一阵子终于停了，就在他庆幸世界终于清静了时，电话铃再次孜孜不倦地响起。刘辞往烦了，抄起电话就对着话筒用十分不耐烦的语气嚷道："什么事啊？"

　　电话那头传来的是堂仕文难以抑制的激动声音："辞往，你快来市郊的工业园一趟，有重大发现！"

　　刘辞往无声地苦笑道："澄澄都已经死了，重大发现来得也太迟了吧？"

　　堂仕文没有理会他的嘲讽，抛出了一枚重磅炸弹："我们找到凶手了！"

　　"什么？"刘辞往从沙发上跳了起来，"你说的是真的？"

　　"没错，事情比较复杂，电话里讲不清楚，你赶快过来看看吧！"

　　工业园位于 G 市的西南角，旁边就是一条国道。鉴于其地理位置，附近除了一片住宅区以外就剩其他厂房，在上下班时间以外基本不会有人经过，只有一趟公交车能从七公里外的市区抵达这里。

可今天与往常不一样。当刘辞往从出租车上跳下来时，里三层外三层的人群把他吓了一跳，里面的是负责勘查现场和维持秩序的警察，外面是本应该在附近上班，却翘班过来围观的职工们。

堂仕文派了一个警察出来接刘辞往进去，两人碰面时堂仕文愣了愣："你……没事吧？"

"凶手在哪里？控制住了没有？"他拉住堂仕文，急切地问。

堂仕文回头指了指："就在那儿呢。"

刘辞往顺着手指方向望去，只见远方的柏油路上躺着一个女人，三十来岁，穿着那套所有警察都很熟悉的星期天牌的黑色衣裤，手边放着一个工具箱，与张家富案视频中出现的一模一样。两人走过去，堂仕文打开了箱子，里面放着一张写满字的纸，以及一个画着红色獠牙的口罩。

堂仕文用镊子将纸夹进了证物袋中，递给刘辞往："你看看这个吧。"

他接过信纸，上面的字迹很是潦草，看得出来其主人在写的时候心理处于十分不安和急躁的状态，信纸顶端大大的"自首书"三字尤其如此。

　　人是我杀的。

　　我就是红衣天使模仿案的凶手。

　　在写下这封信的时候我很不安，犹豫了许久才敢拿起笔，将我做的全部错事公之于众，也只有通过这种极端的方式，我才能告慰自己已经死去的善心。

　　相信大部分线索警方都已经掌握，我被抓也只是迟早的事，所以犯案的内容我不做赘述，相信警方能够还原我所有的作案经过。

那天晚上我借口和韦随荣和解，来到他家，随后将他杀害。在这之前我来过他家很多次，用的都是打算甩开郭博城、和韦随荣单干的借口，所以对他家的情况比较了解。而对于之后的猎物，我也是想用类似的办法在晚上摸进他们家里的。我和他们有一些交易，即使在大半夜打扮成那个样子，他们也根本不会起疑，因此我的杀人计划出奇的顺利。

然而，这几天我想了很多，杀人之前我以为计划天衣无缝，可是当我冷静下来，仔细回想犯案经过时，我才察觉到自己露了多大的破绽在现场，就比如我曾经在韦随荣家中留下了沾有自己皮屑的纸团，虽然不知道警方找到了没有，可这种不确定性正是折磨我的根源！我很害怕就在不知是哪天的晚上，有人敲开我家门，将我逮捕，或者是有人在我上班时闯进办公室，在众目睽睽之下将我带走。这两天我一直被这种恐惧心理笼罩，一闭上眼睛，死者的脸庞就会浮现在脑海，然后我就会被吓醒，周而复始，从未好转。

内心接连不断的煎熬和折磨让我做出了选择：我要用这种方式结束我的犯罪生涯。

我留下这封自首书，想要告诉所有人，我就是红衣天使，可我现在终于不是了。

尤新知

2018 年 8 月 30 日

"八月三十日，就是今天啊。"刘辞往说。

"是的，死者是今天中午十一点三十五分被路过的职工发现，死亡时间预计在今天上午九点半至九点五十分之间，死因是服用过量安眠药造成的呼吸抑制和血压下降，最终窒息而亡。死者身上有较多瘀青和抓痕，不过都是至少一周以前留下的，与案件关系不大。"

"等等。"刘辞往突然打断他，"这个尤新知……我怎么觉得听起来这么耳熟？"

"你还记得我们去调查郭博城时的情形吗？"堂仕文叹了口气，"他说韦随荣、尤新知和他三人互相勾结，在单位的往来账上做手脚，骗取钱财。"

"喔！原来是这个人！"刘辞往恍然大悟，"她居然是凶手？"

"是啊，我也没想到。当时我们想要当面问她话时，发现联系不上她，只当她是不方便接电话，后来接二连三地出现死者，我们的工作太多，就先把她放在了一边，毕竟相比起其他嫌疑人，她几乎可以说是没有动机。"堂仕文摇摇头，"可没想到啊，恰巧就是她杀了那几个人。"

刘辞往看着面前这具面部有些狰狞的尸体，一时间心里五味杂陈，他说不出自己是兴奋还是夙愿得偿带来的怅然若失，只是呆呆地站在那里。堂仕文发觉他的异样，生怕他突然冲上去给尸体几脚，到时候还要被判个侮辱尸体罪。于是他上前一步，挡在刘辞往面前。

"这些证据……能定罪吗？"良久，刘辞往幽幽地说。

"根据目前掌握的证据，逻辑链还不够完整。上次在韦随荣家里发现的带有皮屑的纸团，检验结果早就出来了，但是因为在便池里浸泡太久，无法做比对。其他决定性的证据还需要进一步搜集，所以需要点时间。"堂仕文说，"不过从犯罪心理学的角度来说，她畏罪自杀的可能性很高。"

刘辞往似乎还有些恍惚，堂仕文拍拍他的肩膀说："事情已经告一段落了，你先回去休息一会儿吧，之后的工作就交给我们了。"

刘辞往也不知道自己是怎么离开现场的。他迷迷糊糊地拦了辆车，浑浑噩噩地走回家，往床上重重一倒，盯着发蓝的天花板，嘴里喃喃道："一切都……结束了吗？"

接下来的两天，G市的自媒体都被"红衣天使案的凶手自杀"一类的报道占据，网民们像十年前那样，纷纷对这起案子评头论足。他们大致分成了两派：第一派认为凶手死得活该，杀了这么多人后终于舍得自杀了；而另一派认为就这么死了也太便宜凶手了，应该把她鞭尸示众。双方因为意见不合甚至在网上吵了起来，一度闹得不可开交。不过鉴于这种骂战并不新鲜，所以也没有掀起多大波澜。

值得一提的是，这种说法并未得到警方的证实，有相关媒体去采访警方，得到的答复也只是"案情还在调查中，我们不能发表未经证实的信息，请各位网友切勿传谣，谣言止于智者"的官方回复而已。

两天后，刘辞往再一次接到堂仕文的电话，说有一些和案情相关的内容需要和他聊聊，自己已经开车到他楼下，让他下来。

再次见到刘辞往，堂仕文觉得他的气色比两天前好了些。刘辞往坐上副驾，系好安全带："去你办公室吗？"

"不是。"堂仕文放下手刹。

"那去哪里？"

在刘辞往问出这句话前的十分钟，董菁和郭博城的手机上都收到一个位置信息，两人都坐上了车，朝着目的地赶去；远在异国他乡的申薰也设好了闹钟，半夜爬起来打开手机视频通话，看着对面那宛如瓷娃娃般精致的深亚麻发色的女孩，用纽约地区的美式口音回应对方的英伦腔。

两人乘坐的车子开出小区，堂仕文望着道路上川流不息的车流，笑了笑："霍雨薇要开始泄底了。"

第十二章　杨璨璨的日记（6）

1999年3月2日星期三 雨

我一次性休息了三个月，感觉身心恢复一些，便不顾刘隐的劝阻去公司上班了。我是个坚强的人，虽然受了很大的打击，但生活还是要继续。

可是，当我在洗手间花了十分钟整理好仪容，像往常一样器宇轩昂地走进办公室时，大家说不清道不明的态度却让我一怔。

我的同事中，有投来同情怜悯的目光的，有悄悄聚在一起议论、但我一走过来就装作什么事都没发生的。我遇到最多的待遇还是鄙夷和嘲讽的微笑——嘴角微微上扬、眼里却毫无暖意的笑容。

"哎，听说小杨之前被那个了，这是真的吗？"偷偷摸摸的声音在讨论。

"是啊，听说是在酒吧被人下药，然后带到附近的招待所给上了！"

"怎么跟我听的不一样，我听说的版本是她在酒吧钓凯子，本来已经谈好价格了，谁知在招待所里临时涨价，结果被男人用强的了！"煞有介事地打断。

"不是吧，你听谁说的，靠谱吗？"

"当然靠谱，告诉我的是上次和我们做生意的韦总，他可是小杨的好朋友，当晚就在酒吧呢，听说还亲眼看见了小杨一脸谄媚地勾引那个大腹便便的富二代呢！"

"真看不出来，小杨平时这么正经的一个人，在酒吧里居然这么骚。"幸灾乐祸的女声。

"说得好听点叫钓凯子，说得不好听点……"男人都懂的窃笑。

他们就像半夜的蚊子，在耳边嗡嗡地叫着，声音不大却让人不胜其烦，重点是无论怎么驱赶都无济于事。

每天生活在这样的环境中，我都觉得自己要神经衰弱了。但真正压垮我的最后一根稻草，居然来自我的好友。

那天，韦随荣来公司视察项目进展情况，看到了正在埋头工作的我。他微微一笑，走到我的办公桌前，装出一副很不好意思的样子："杨女士，我有点事情想咨询您。"

"说。"我不冷不热地答道。

"就是……"韦随荣俯下身子，在我耳边用刚好全办公室都能听到的声音问，"我想睡你，不知道多少钱一晚呢？"

"啪！"一沓文件准确地扇在他的脸上，随即散落在地。我怒不可遏地瞪着他，胸口大幅度起伏着："滚！！"

韦随荣也不恼怒，只是撇撇嘴，潇洒地大步离开。

我蹲在地上，把文件一张张地收拾起来，大颗大颗的泪滴砸在地上，宛如一颗颗珍珠被摔成齑粉。我没有伸手去擦，任凭泪水洗花我的妆容。

我把文件重重地拍在桌上，拎起包头也不回地走出办公室，只留下一群神色精彩的同事在背后继续窃窃私语。

从这里开始，杨璨璨有好长一段时间再也没有写过日记，而当她再次开始写时，已经是她和刘隐结婚之后的事了。她在这段时间里逐渐淡忘了过去，并且被日日悉心照料她的刘隐打动，两人终成眷属。婚后杨璨璨产下一子，为了表达两人挥别过去不快、享受新生的意愿，他们给孩子取名"辞往"。

由于本段说明的是她的内心转变，与案情无关，在此不做过多摘录，仅节选有意义的部分呈现给各位——比如下面这篇，杨璨璨在被杀前一个月写的最后一篇日记。

2008 年 6 月 13 日星期五 阴

最近工作很忙，几乎都没时间写日记。

哎呀，怎么像网络写手一样，在为没有及时更新道歉？这明明就是只属于我的专属读物，读者只有我一人而已，就算就此搁笔不写也没人会在意的。

话说回来，最近之所以没写日记，是因为我们医院正在筹备三甲医院申请计划，不仅在进行门诊、病房的修缮和扩张工作，更是进行了一番设备更新。我作为采购主管，这方面的工作自然由我来负责，一些小的买卖当然可以交给业务员去做，可是涉及几十几百万元的固定资产买卖，就必须由我亲自出马了，诸如物理诊断室的那台据说是从日本进口的最新型 B 超机，就是我和厂商代理谈了整整一周才把价格压在预算内的；再比如整形外科的水刀切割机，那可是全市独一台的稀罕玩意儿，听医生说它能喷出高压生理盐水，可以轻易地将皮肤和肌肉组织切开；还有医院管理信息系统的更新，也是我和信息科的员工一起制订招标计划，最终才敲定负责医院未来十年数据化革新的公司。

而且最近发生了一些我从未想过会发生在我身上的事。刚才我提到了医院正在进行设备更新，这个消息不知道是谁传出去的，居然有一群专门负责偷窃贵重医疗器械并倒卖的犯罪团伙来联系我，要我做内应，将科室里的医疗器械偷出去给他们！其实医院里有些医疗设备的管理并不严格，要将它们偷出去并不是一件难事，但我是绝对不可能做这种事的！我曾经是罪恶的受害者，所以痛恨罪恶，绝对不可能与罪恶为伍！

一不留神写了这么多，前半段像在写学术论文，后半段表现得像个愤青，我最近好像真的太累了。

或许正因为如此，我这段时间莫名地想翻翻以前的日记，怀念一下旧时光。

时隔那么久，虽然我仍然在意那件事情的真相，但也没有当时那样的执着和愤恨，毕竟我现在有爱我的丈夫和可爱的儿子，他们都是上天赐予我的宝物。说实在的，假如没有经历那件事，我可能不会拥有今天的幸福生活。

敢于翻开我一直不敢触碰的禁忌，这也算是彻底放下了吧。

希望明天会和今天一样好。

第十三章　逻辑博弈

纸之时代书屋的剧透屋从来没这么热闹过。郭博城和董菁坐在两侧的沙发上，霍雨薇则坐在房间中央的桌子前，捧着手中那杯散发着诡异气息的饮料，冲着走进来的堂仕文和刘辞往打了声招呼。

"今天喝的什么配比？"堂仕文往霍雨薇手中的茶杯瞟了一眼，表情嫌弃地别开了头。

"三十毫升浓缩可尔必思加半杯三分糖的一点点珍波椰奶茶。"霍雨薇把杯子举起，晃了晃里面乳黄色的液体，"你别说，味道真不错。"

霍雨薇虽有些闹腾，生性却爱安静，不太喜欢同时和太多人打交道。剧透屋虽然大，里面一般也只有委托人和霍雨薇两个人，像这次这样和案件有关的所有人齐聚的场景还是第一次出现。

"既然大家都到齐了，那我就不多客套，直接进入主题。"霍雨薇放下了茶杯。她声音不大，在空旷的剧透屋中却令人听得格外清楚。"把大家叫过来的目的我在电话里都说清楚了，我要解开最近这几起红衣天使模仿案以及和它有关的所有谜团。"

"等等！"申薰带着机械音的声音从手机的扬声器中传出，

189

"霍雨薇你帮我换个角度，我要看着所有人！"

闻言，堂仕文自觉地端来一摞书，把手机放在上面，调整好角度，让她能通过视频看到所有人。

"仕文，你把这几起案子——包括刘辞往家里发生的案子的所有细节都讲给大家听吧，方便我之后对疑点一一进行讲解。"见堂仕文有些犹豫，霍雨薇补充道，"放心，今天之后，无论是十年前红衣天使遗留下来的问题，还是今天的红衣天使，都会消失，所以你不必担心调查机密的泄露。"

堂仕文为难地看着刘辞往，只见对方脸色难看，好像一块生锈的铁板。堂仕文想要争辩两句，可他知道以霍雨薇的性子，如果自己不答应，她绝对做得出打发所有人回家并且对真相只字不提的举动。于是他清清嗓子，将他们遇到的四起案子的来龙去脉和调查结果全都交代清楚，并且还让各位嫌疑人互相介绍了彼此的身份。

"那么，接下来我们就正式开始吧。"霍雨薇把杯中的谜之饮料一饮而尽，"我先从林强案开始讲起吧。这起案子现存的疑点是最少的，也是最好解决的。"霍雨薇双手一推桌沿，椅子倒滑到落地窗前。她按了一个键，这次落地窗没有变成白板，取而代之地变成了一大块毛玻璃。霍雨薇打开椅子的扶手，从里面拿出一个遥控器，对着天花板按了按，毛玻璃上投影出一片湛蓝。众人抬头望去，原来他们的头顶悬挂着一个投影仪。

霍雨薇调出了几天前她和堂仕文整理出来的所有案件中的未解之谜，调到了林强案的那一页。

1. 凶手是怎么找到防盗窗的钥匙的？

"首先我们需要明确一点，那就是这起案子绝对不是无差别杀人，因为凶手留在现场的痕迹表明他是一个心思缜密、行事谨慎的人，和报复社会的连环杀手不一样；死者的职业、社会地位、外貌、经历等方面也没有重合，因此寻找特定目标的变态连环杀手也不太可能成为凶手。那么凶手的动机只可能有一个：他和所有的死者都有过节。

"在林强案中，意外出现的隔壁老王差点儿撞见凶手，凶手在情急之下用防盗窗的钥匙逃离了现场，还制造了一个伪密室，那么凶手是如何在那么紧急的情况下找到防盗窗钥匙的呢？我认为，情况有两种。"霍雨薇竖起两根手指，"一是凶手和林强是熟人，他对林强家中的情况了如指掌；二是凶手在最近一段时间曾经接触过林强，记住了林强拿出防盗窗钥匙的位置，因为这种钥匙只有林强能够配出来，他逢人就吹嘘，凶手知道也不奇怪。很遗憾的是，我无法分辨本案属于上述两种情况中的哪种，不过不要紧，这点小事情对之后的推理产生不了太大的影响，所以我们继续推进。"

霍雨薇又按了按手中的遥控器，PPT跳到了张家富案的疑点那页。

1. 桌子边沿的血迹是怎么留下的？

2. 凶手为什么单单擦掉这里的血迹？

3. 房间正中央的脚印为什么会呈现并拢状态？一般人站定时两脚之间会存在一定角度，或者是之间有一定距离，凶手当时以那么别扭的姿势站着是为了什么？

霍雨薇把警方在鲁米诺测验情况下拍到的照片贴了上来：

"我们先看前两个问题：张家富案的现场有一张唯一的桌子，上面曾因为某个原因留下过血迹，可凶手唯独擦掉了此处的血迹，这是为什么呢？"

"I know that!"申薰兴奋的喊叫声从手机里传出来。所有人把目光投向了她，只见她举起了手，仿如一个积极回答问题的小学生。"你们听说过一个谍战小故事没有？一个间谍在监视某国领导人的过程中被蚊子咬了，他随手将蚊子拍死，但是那个国家的警察却从蚊子体内残存的血液中提取到了间谍的DNA，最终锁定了他。我觉得本案中凶手擦掉血迹的理由可以类比于此，因为桌沿的血迹是凶手在和死者搏斗过程中留下的，倘若不清理掉，凶手的血型和DNA就会被警方检测出来！"

"申薰说得非常合乎逻辑，这也是我最初的想法。"霍雨薇点头赞赏，"可惜，这是错的。"

"哎？！"申薰的表情塌了下来，垂头丧气的样子让一旁的堂仕文忍俊不禁，他解释道："警方进行过检测，被擦掉的血迹确实是死者的。"

"那凶手为什么偏偏要擦那个地方的血迹呀？"

"因为凶手要掩藏的不是血迹的主人，而是血迹产生的原因。"霍雨薇不疾不徐地说，"张家富曾经与凶手发生过激烈的搏斗，并且身中六刀，现场四处溅到血是理所当然的，但是那张桌子上面只有桌沿有被清理过的血迹，再往里一点的桌面却十分干净，这难道不奇怪吗？一般来说，血液喷溅很难只喷到那么小一块的桌沿，桌面上多多少少都会有一点痕迹。"

现场的众人逐渐跟上霍雨薇的节奏，从一开始的懵里懵懂到现在主动沉吟思考。

见大家想了一分钟还没得出结论，霍雨薇不再卖关子："凶手身上沾了死者血迹的部位曾经碰到了桌沿——这样的想法会不会更合理一些呢？"

众人恍然大悟地点头。

"有什么部位可能触碰到桌沿，但是留下血迹对它来说是一件必须隐藏的事？"

"会不会是血指纹？"刘辞往问。

霍雨薇轻摇头道："答案很简单，那就是：脚。"

"脚？"董菁不可置信道，"除非是故意的，不然脚很难踏在桌子上吧？"

"没错，凶手就是故意的。"霍雨薇再次语出惊人，"刚才仕文跟你们说明案情时说过，警方在现场的天花板上发现了一道很新的刻痕，凶手用脚踩桌沿的目的，和这道刻痕有密不可分的关系。"

霍雨薇深吸一口气："你们还记得，凶手在和张家富搏斗的过程中，手中的刀曾经被打落吗？张家富拿着椅子乱挥，除了把刀打掉，还有一种很难出现，但又确实存在的可能性。"

"你是说凶手的刀被张家富的椅子……打到了天花板上？"堂仕文问。

霍雨薇点头："天花板上的木饰很软，凶手的刀被抢飞之后直直地插进其中，在木饰上留下刻痕。后来他制服了张家富，把刀拿了下来，用它捅死了张家富，这样的经过和警方的尸检结果应该不冲突吧？"

"凶手之所以在桌沿留下脚印，是为了……"郭博城说话快了就会有些结巴，"是为了以桌沿为支点，助跑踩到桌沿上腾空而起，把天花板上的匕首拿下来？"

"正是如此。"

"这不符合常理啊！"一直默默听着的刘辞往终于说话了，"凶手想要拔下刀子，只需将桌子搬到刀子的正下方，然后踩着桌子把它拔出来即可，当时我跟着堂警官一起去了案发现场，那里的天花板虽然很高，但是踩在桌子上再起跳的话还是可以触碰到天花板的。"

"你说对了，这就是凶手擦掉血迹的真正目的。"霍雨薇微笑地望着刘辞往，"他没有办法搬动桌子。"

"凶手受伤了！"堂仕文一点就通。

"张家富在挥舞椅子的过程中，打掉了凶手手上的凶器——不如说打到凶手的手导致凶器飞出的概率比只打到凶器的概率要高得多，这导致凶手手部受伤严重，因此在制服张家富后，他无法挪动桌子。同理，他也移不动床，而断了一条腿的椅子更加派不上用场，这时他只能用尽全力开始助跑，借着冲势反蹬桌沿，飞身去抓天花板上的刀。但是没有经过训练的人很难掌握角度和力道，再加上被他掐晕的张家富随时可能醒来，凶手几次尝试未果之后放弃了。为了不让警方通过桌沿的血迹察觉到他手受伤的事实，他擦除了血迹，企图隐瞒这点。"

"那凶手是怎么拿下刀子的呢？"董菁问。

"这点就和第三个疑点有关了。大家在什么情况下会以双脚完全并拢的别扭姿势站立呢？"

"站军姿。"警察出身的堂仕文本能地抢答。

霍雨薇否决道："军姿的要求是脚跟并拢，脚尖向外，形成六十度的夹角，这可和现场留下的双脚内侧近乎完全贴合的脚印不同。"

"他的双脚脚踝被捆住了。"董菁说，"很多捆绑play里会这么玩。"

"凶手在现场和死者玩捆绑 play 吗……"大家都很无语。

见众人绞尽脑汁也猜不出来，霍雨薇公布了答案："凶手那时正准备起跳。

"为了触碰到自己所能达到的最高点，不同人在进行助跑跳时的习惯有所不同，大多数人都是以左脚为支撑脚进行单脚起跳，部分左撇子相反，以右脚为支撑脚，可还有一部分人的习惯跟上述两种都不同，那就是先迈出一只脚，接着另一只脚跟上，在双脚并拢的一瞬间屈膝，随后起跳。而本案的凶手，正是这类人。

"凶手在意识到自己即使反蹬桌沿也无法拿到刀子后，他就想出了这最后的办法。凶手握住凶器的手被死者砸伤，用另一只手完全可以把插进木饰里的刀子拔出来。于是他来到刀子的正下方，发力、起跳，终于把刀子给拔了出来。"

众人均发出了叹服的声音。通过这么点线索就能还原犯罪现场发生的一切，并且推断出凶手的习惯，真不愧是泄底女王。

霍雨薇没有在意他们的反应，再次切换 PPT，这次出现在大屏幕上的是温澄案的疑点。

1. 死者背部为何会中了这么多刀？从韦随荣案到林强案，死者身上的刀伤递减，这正符合凶手逐渐习惯杀人的行为模式和心理画像。可这次死者后背反常的十刀与此前出现的趋势不一致，是因为凶手在杀人时遇到了变故吗？

2. 凶手为什么要舍近求远地绕到巷子的另一端杀掉死者？

看到大屏幕上那一串文字，某种已经忘却的悲伤回忆再次被唤醒，刘辞往的胸口像被什么堵住了一样，胀痛和气闷的感觉从胸腔顺着呼吸道一路冲到他的口鼻，把他的眼泪都挤了出来。他觉得自己甚至都要吐了，捂住嘴痛苦地别过头，大口地呼吸着空气。堂仕文走到他身旁，担忧地望着他，拍了拍他的肩膀。旁边的人多少都知道刘辞往和温澄的关系，也都投来同情的目光。

霍雨薇这次一反常态，没有对打断自己的人和事表现出丝毫不耐烦，而是静静地坐在那里。她耐心地等了足有十分钟，待刘辞往激烈的喘息声逐渐归于平静，才再次开口："其实，这起案子的两个问题才是困扰我最久的，也是阻碍我破获这一系列连环杀人案的最大障碍。这道题就像一道缺了题干的数学题，因为从现有的条件来看，无论通过什么方式都无法合理地解释上述两个疑点，也正是因为这个原因，我迟迟无法锁定凶手。但是直到最近，我突然想起仕文和我说过的一件事情，才终于醒悟过来，犹如一直被锁上的房门突然打开，门外的亮光照进许久不见阳光的阴暗房间一般，这道困扰我数日的谜题终于解开了。"

说到这里，霍雨薇低下了头，剧透屋回归了众人刚进来时的安静，仿佛正在举办演唱会的场地里所有音响同时断电，巨大的反差带来了更加可怖的静默。堂仕文本能地感觉到不对劲，霍雨薇虽然喜欢卖关子，可在真相即将揭晓的关头是绝对舍不得打断自己的说话节奏的。从这点上来说，她挺像一个小女孩。可也正因为如此，她在如此紧要的关头做出这么长时间的停顿才显得极其反常，堂仕文甚至从中嗅到了危险的气息。

霍雨薇深深地望了堂仕文一眼，眼神中蕴藏着某种他读不懂的深意。如同下定某种决心一般，她终于再次开口了："我们从第二点开始解决吧。根据现场的脚印情况来看，凶手明明已经追到了温澄身后，只需要再往前跑二十米就能够将手中的刀子刺进她的身体，可他却在她拐入一条小巷后选择了绕远路，从小巷另一头迎面冲到她面前，在她转身逃窜时将其杀害。我们都知道，无论一个人再怎么强悍，在做杀人这种犯罪的事情时，其心里一定会产生负罪感，在能够选择从背后杀害反抗能力低下的受害人时是绝不可能专门绕到受害人正面去将其杀害的。在开始推理时我就说过，本案的凶手并没有精神异常，不会因为喜欢欣赏受害人临终前恐惧的表情等理由选择正面杀死她。之所以做出这么反常的事情，只可能有一个理由：凶手如果不这么做，很可能会遇到自己不想遭遇的意外情况。

"那么对于一个正在行凶的人来说，有什么情况是他不想遇到的呢？一般来说有两个，排在首位的是凶手的身份可能会暴露，可现场所处的位置很偏僻，周围没有监控摄像头，当天又是中元节，出于一些迷信的思想，行人在那个时间点遇到阴暗偏僻的地方几乎都会选择绕着走，所以他被撞见行凶的可能性几乎为零。

"既然如此，就只剩这第二种可能了：凶手如果不绕开，就无法顺利杀掉死者。"见所有人都露出疑惑不解的表情，霍雨薇露出了一个复杂的笑容，"很奇怪对吧，为什么凶手无法从温澄的背后杀死她呢？当时想到这里我也很不解，直到我看到了这个东西。"

PPT上飞进一张图片，画面中两个白色的圈里残存着黑色的灰烬，圈外的两个蜂窝煤上插着烧断的蜡烛和香。

"这是案发现场的巷口照片，这堆东西大家并不陌生，每年中元节大家都会这样祭奠先祖。"霍雨薇突然放慢语速，竖起一根手指，"但就是它们，让凶手望而却步，转而选择走其他路杀死温澄。"

郭博城提出了疑问："那两天这种东西随处可见，凶手为什么会因为它们望而却步，难道他信奉鬼神之说？"

不等霍雨薇开口，申薰就发表了反对意见："那是不可能的，假如凶手真信奉鬼神的话，就不会做出杀人这种事了。在我们这边，虔诚的基督徒是不会做出杀人和自杀的事的。"

董菁问出了所有人的疑问："那么凶手是出于何种原因选择绕路的呢？"

见所有人再次把视线集中到自己身上，霍雨薇开口了，不过她没有直接回答大家的问题，而是说："你们之所以想不明白，是因为你们把这张图当成了一张静态图片来关注，自然想不通其中的关键。"

董菁不服气："可你这张图本来就不会动啊。"

"这张图确实不是 GIF 格式的，但是我能从中看出它以前和之后的样子，如果你们能做到这点，也能成为泄底女王。"霍雨薇顿了顿，"你们要清楚，你们现在看到的场景，和凶手那天晚上看到的可是截然不同的。拍照的时间距离温澄被杀已经过去将近十二小时，如果把时钟拨回案发时，现场的画面会是什么样的呢？"

"那些纸钱的灰烬应该会多很多，晚上可能起风，应该吹走了不少。"这是董菁的答案。

"不应该是蜡烛在燃烧吗？"郭博城说，"祭祀结束时，出于安全考虑，人们会等到香和纸钱都燃尽了再离开现场，但是燃烧时间相对久很多的蜡烛则不同，这种长明烛是不能够被人为扑灭的，所以大多数人都会偷懒，在蜡烛还未燃尽时离开。"

"长明烛是什么？"大学毕业后就去了美国的申薰似乎对这些传统文化不甚了解。

"传说长明烛的作用是照亮阴间通往阳间的道路，而用面粉在地上画的白圈则表示护住先祖的魂魄，让他们得以短暂地停留在人世，接受后人的祭拜。"年长的郭博城说起这些一套一套的，"倘若祭祀活动没有结束，长明烛就熄灭了的话，魂魄就无法顺利回到阴司，只能游荡人间。"

"他说得没错。"霍雨薇接过话头，"当晚凶手尾随温澄来到巷子口，正是看到了那几根在风中摇曳的蜡烛，才选择绕道而行。"

听到这里，一旁的堂仕文神色陡然一变。他难以置信地盯着霍雨薇，仿佛见到猫的老鼠，浑身紧绷，表情僵硬。

"你……在开玩笑吧？"他的声音突然十分压抑。

"我没有开玩笑。"霍雨薇迎着他的目光，语气坚决，"让我们回到第一个问题，凶手之所以要捅温澄那么多刀，原因可能有很多，比如温澄激烈的反抗让他收不住手，又比如凶手当时的心理波动非常剧烈，让他失去了理智，再比如凶手遇到了让他不得不这么做的变故等。我无法通过直接的推理来证明本案属于哪种情况，不过只要将所有的问题结合在一起，答案就昭然若揭了。"

霍雨薇将 PPT 的画面切换到韦随荣案的那页，直击案件核心的问题出现了。

1. 凶手是谁？
2. 凶手的杀人动机是什么？

堂仕文猛地从椅子里跳了起来，吓了众人一跳。霍雨薇平静地扫了他一眼，继续说了下去："凶手的身体素质非常强，因为他跳起来能够抓住天花板上的刀柄并且在手受伤后还能徒手制服张家富；凶手在杀掉张家富后手受了伤；凶手习惯双脚并拢地起跳；凶手曾和林强有接触；凶手……怕火。"

霍雨薇深深地吸了一口气："这上面任何一个信息单拎出来都不能锁定凶手，甚至都不能算是辨识度非常高的特征，但是只要将它们整合在一起，凶手的身份就能被锁定在那个特定的'某人'身上。"

黄色的台灯把霍雨薇的脸颊映得光影分明，她淡定地注视着某个人，不大的声音充满穿透力，在空旷的剧透屋里不断回响，似乎和大家的胸腔发生了共鸣。屋子里没有人说话，凝重的气氛给人感觉就像是大冬天从冰缝落入水中，拼命地往上游却只发现水面已经被重新冻结，手脚和思绪一齐被冻得冰冷，只能无助地沉入幽深水底，看着冰面上透下来的微弱亮光在头顶逐渐消失。堂仕文的身体像筛糠一样剧烈颤抖，他的大拇指指甲狠狠地掐进了肉里，把食指侧面划开一道口子。

霍雨薇目不转睛地盯着人群后的那个人，其他人意识到她的目光，纷纷转头。当他们看到她所谓连环杀人案的凶手的真面目时，也都瞠目结舌。

"这里面的所有人中，只有你在杀害温澄时会因为剧烈的心理波动而做出反常的举动。现场留下的'警告宣言'，也只是你洗脱自己嫌疑的一种手段。"霍雨薇冷冰冰的声音让原本在冰面下流动的水也在刹那间冻结了。

刘辞往坐在座位上，如同冰面下不幸被冻死的鱼。他感觉大家的目光宛如锋利的箭，射穿了他的所有防备。

"在林强案发生的那天，我问堂仕文要了你在高铁站见义勇为时周围监控拍下的视频，你在追小偷时曾经飞身翻越铁门，那时你用的就是双脚并拢的起跳方式；你从小学开始就按警校标准进行体能训练，用一只手制服张家富这样的普通人并非难事，原地起跳抓住天花板上的刀柄对你来说也易如反掌；堂仕文曾提到他在张家富案的现场看见你的手上有瘀青，那是你被张家富砸伤留下的；最重要的是，因为你父母的案子，你从小就畏惧明火，虽然经过心理医生的治疗，这种状况有所好转，不过'一朝被蛇咬，十年怕井绳'，你在温澄案中遇到燃烧的蜡烛，出于趋利避害的心理，还是会本能地绕着走。我相信，只要去查查林强案案发前一段时间附近路段的监控，绝对能找到你的身影。"

"不可能！这全都只是巧合而已！"没等刘辞往出言反驳，堂仕文就跳了起来，他激动地挥动着双臂，唾沫星子横飞，"你忘了吗，辞往可是有着完美的不在场证明！在韦随荣被杀的时候，他和温澄还在几百公里之外的广州，车票、景区监控录像和犯罪现场的监控录像都能证明这一点，他是不可能撒谎的！"

"你说得没错。"霍雨薇不为所动，"他确实没有撒谎。"

"那他怎么可能是凶手？"堂仕文声音洪亮，"你难道想说他是买凶杀人？"

"当然不是。"霍雨薇虽然在和堂仕文对话，但是眼睛却没有离开刘辞往一秒，"因为韦随荣根本不是他杀的！"

刘辞往的身体微微一颤。

这回不只是堂仕文，连其他人都用不敢相信的目光望着霍雨薇。

"怎么可能？连环杀人案最基本的特点就是凶手从始至终

都是同一个人，因此只要嫌疑人在其中一起案子有不在场证明，其他案子就不可能是他做的！"

"连环杀人案的特点是这样没错，可是你怎么就能断定，这一系列案子一定是连环杀人案呢？"霍雨薇反问道，"仅凭凶手身上那一套衣服，还是留在现场的口罩？"

"这难道还不够吗？"

"警校的课本上肯定有'犯罪签名'这个概念。"霍雨薇没有直接回答堂仕文的问题，而是自顾自地说，"每个凶手都有自己独一无二的犯罪习惯和方法，它们就像指纹一样，会在无意间遗留在犯罪现场的各个角落。韦随荣案和之后的几起案子，犯罪签名都不尽相同。其中体现得最明显的，就是口罩的位置。

"当年包括模仿案在内的所有红衣天使案和韦随荣案中的死者，都是在脸上戴口罩的，可是张家富案的口罩，却是被人用刀插在凶手胸口的。众所周知，画有獠牙的口罩是红衣天使的标志，凶手绝对会好好对待它。好比一个人的名片，绝对是要递到别人手上，而不会塞进别人嘴里一样。可是张家富案和韦随荣案的口罩位置差别太大了，根本不是一个连环杀人犯应有的举动。我猜这是因为刘辞往第一次作案，心里不免紧张和激动，所以下意识地做出了计划之外的举动。后来他吸取了教训，继续将口罩戴在死者脸上，以弥补之前犯下的过错。"

见堂仕文欲开口反驳，霍雨薇示意他闭嘴，接着按动遥控，两张图片出现在 PPT 上，身穿黑衣黑裤、头戴鸭舌帽、面覆白色口罩的两个人分别出现在图中。堂仕文认得，那分别是从韦随荣案和张家富案的监控录像上截下来的两张图。

"仔细看这两张图片，你们有没有发现什么不对劲的地方？"霍雨薇问大家。

几个人都不约而同地凑近几步，对着屏幕仔细端详起来。不知过了多久，手机里的申薰忽然惊奇地大叫："你们看这两个人的腰！"

众人都根据她的话，把目光投向两个人的腰部，郭博城摸着下巴道："没有什么差别呀，难道是他们的腰围一个粗一个细，所以认定他们俩不是同一个人？"

"不是。"董菁摇头，"我猜关键在裤腰上。"说完她伸出手在两人的裤腰处各比画了一下。

随着董菁的手指移动，其他人这才发现：韦随荣案中的凶手，衣服下摆完全遮住了裤腰，然而张家富案中的凶手，蓝白相间的裤腰部分却清晰地露在外面。

霍雨薇解释道："这点你们当时在现场查看监控录像时就已经发现了，只是没有注意而已。假如画面上的两个人真的是同一个人的话，为什么相隔仅仅三天的案子，他身上的同一件衣服居然会比之前犯案时小了一号呢？"

"有可能是衣服缩水了啊！"堂仕文仍然不放弃。

"缩水接近两厘米的布料都可以用来当作《哆啦A梦》里变小光线的原料了。"霍雨薇驳回了他的辩解。

"那你说为什么两个人身上的衣服大小会有这么大的变化，难不成辞往为了杀人，专门去买了一套同样的衣服？这个款式可是在几年前就停产了！"

"谁说他还要专程去买一套一模一样的衣服？还有更简便的方法——直接把凶手的那一套拿过来。"

众人都不记得这是今天第几次露出瞠目结舌的表情了，甚至感觉脸上的肌肉因为频繁的一紧一松而略感酸胀。

"在刘辞往对韦随荣案的凶手进行犯罪心理学画像时，他得出凶手的身高在一百七十五厘米左右的结论，而支撑这个结论的证据就是监控画面中，凶手刚好靠在电梯控制面板上二十一层按钮处的那一幕。警方实地测量了二十一层按钮距离地面的高度，得出了这个结论，我说得没错吧？"

"那又怎么样？"

"你们就不觉得奇怪，凶手这么一个具备反侦察能力并且谨慎细心的人，会犯下能让警方轻易得到他体貌特征的错误吗？"霍雨薇一语惊醒梦中人。

"你的意思是……他是故意的？！"堂仕文脸上露出恼羞成怒的表情。

"是的，韦随荣案的凶手知道自己无法避开监控摄像头，所以就干脆将计就计，买了大一号的鞋子，在里面垫上内增高，伪装成一个一百七十五厘米的人，如此一来便可以在一定程度上保护自己，并且扰乱警方调查。所以他的真实身高，应该只有一百七十厘米左右。

"但是刘辞往就不同了，他的身高可是货真价实的一百七十五厘米。韦随荣案的凶手穿的肯定是符合自己实际身材的衣服，可在他身上很合身的衣服，穿在不仅比他高，而且比他壮实的刘辞往身上，就显得有些小了。这就是为什么凶手的衣服下摆在韦随荣案中能够遮住裤腰处的条纹，在张家富案中却做不到的原因。"

堂仕文彻底傻在原地了。他望着霍雨薇，又回头望望陷在沙发里一言不发的刘辞往，急不可耐地吼道："你说句话啊！告诉她你不是凶手，你是被冤枉的！"

见刘辞往不做反应，他又指着董菁问道："难道她的嫌疑不大吗？"

"我？"董菁对自己被突然牵扯进来感到很莫名其妙。

"你在案发当天下午去过林记锁铺，还在门口徘徊了好久，你肯定是在找摄像头，害怕它拍下自己的行踪，对不对？"

"我、我那是去找老板配钥匙！"董菁尖声道，"我们家防盗窗的钥匙很特殊，听说只有那一家店能够配得了。我一路跟着手机导航找，好不容易才找到的！"

"那申薰呢？你和张家富以及林强都接触过，你去找他们干吗？"堂仕文转向申薰，却发现视频中的她脸色煞白，呆呆地望着刘辞往，嘴里喃喃道："怎么会是这样……"

"你怎么了？"堂仕文狐疑道。

霍雨薇望向她，似乎明白了什么，摇着头叹气。

"我之所以会去找他们，是因为我发现他们和二十年前璨璨被迷奸的案子有关。"申薰徐徐开口。

"你是怎么知道的？"

"那天，我从朋友圈得知了韦随荣的死讯，觉得事情有蹊跷，就找到警局的朋友，向他打听情况，接着我就拿到了她的日记影印本。"

"什么？"

"我读完里面的所有内容后，对他们两个人产生了怀疑，便再度拜托我的朋友，查到了他们的个人住所，我想当面会会他们。"

"你从他们那里得到了什么消息？"刘辞往和堂仕文一齐问。

申薰一副欲言又止的样子，把求助的目光投向霍雨薇，对方轻轻摇了摇头："看来你已经知道真相了。"

"难不成真的是那样？"申薰的语气里甚至带上了哭腔。

"什么这样那样的，你们别打哑谜好不好？！"堂仕文真的

205

生气了。

"这件事情我之后会慢慢讲清楚的,我们按照顺序,一件一件来。"霍雨薇的语气依然平静如水。

堂仕文不耐烦地"啧"了一声。

"除了刚刚提到的衣服缩水问题之外,还有一个证据能证明韦随荣案和张家富案的凶手不是同一个人。"在遥控器的操作下,原本的图片飞出,两张新的图片飞入,透明的塑料物证袋中,画有鲜红血盆大口的白色口罩出现在屏幕上。"这两张图分别是凶手遗留在韦随荣案和张家富案现场的红衣天使标志,是我从警方的档案资料里拷贝过来的。根据对比和分析,这些图案都是用同一个牌子同一种款式的油漆笔画的。刘辞往非常聪明,他把自己尽可能地伪装成凶手,所以在衣物、凶器等方面都尽量和凶手保持一致,这份最关键的标志自然也一样,但是他却疏忽了很重要的一点,那就是每个人的拿笔习惯。

"不同于马克笔,油漆笔的笔尖截面是一个矩形,随着拿笔姿势的变化,画出来的线条粗细也会跟着变化。大家看左边这个留在韦随荣案现场的口罩,上面的线条是不是明显比右边的粗一号?"得到众人肯定的答复后,霍雨薇又调出剩下遗留在两起案子现场的口罩照片。"那么这两个呢?粗细是不是和张家富案的一样,同时也比韦随荣案的要细?如果只是两个口罩之间产生的差异,还能解释为偶然,但是这么多组口罩进行对比的结果都如出一辙,那只有一个可能:凶手在中途换了人。"

刘辞往的呼吸变得粗重,如同一只伤痕累累的斗牛。他嘴巴张合了几下,终于说出了话,声音沙哑,仿佛用尽了全身的力气:"照你这么说,我找了一个帮凶,让他在我和……澄澄出去旅游时帮我杀人,以制造不在场证明,等到我回来后再代替他进行杀人，对吗？"

出人意料地，霍雨薇摇了摇头："如果我猜得没错，你最开始并没有杀人的打算，对吧？"

刘辞往身子一震。

"这句话是什么意思？"郭博城问，"什么叫他是凶手，却没有杀人的打算？"

"因为刘辞往和杀害韦随荣的凶手，根本就互不相识。"

"那他怎么会……"

"刘辞往在回到 G 市之前，甚至在去案发现场前都不知道有这个凶手存在，他在案发现场那一番犯罪心理画像，确实是为了找出凶手而做的，我相信他当时也真的非常想抓住凶手，从中找到一些和十年前他父母被杀案有关的线索，但是……"霍雨薇的语气骤然低沉，"那晚，在从剧透屋回去的路上，他碰到的某起事件让他的初衷全都变了。"

"八月十九号晚上发生了什么吗？"

"我猜，那天晚上你应该非常偶然地遇到了凶手吧？"

堂仕文突然惊叫出声："你说什么？"

"有些时候，事情就是这么巧，巧合到令人难以相信。"霍雨薇居然笑了，"接下来的一切都是我结合仕文的只言片语、对刘辞往的观察以及案件的逻辑性进行的推测，不能保证准确度，如果有什么地方说错了，你可以补充。"最后一句话是对着刘辞往说的。

"在韦随荣被杀的第二天晚上，凶手再次出来作案，正当他准备翻墙进入目标居住的小区时，碰巧路过的刘辞往以为他是闯空门的贼，遂与他发生搏斗，接着将其制服，证据就是尤新知尸体上的那些伤痕。在搜对方的随身物品，没收作案工具的途中，刘辞往意外地发现了对方身上的红衣天使口罩，猜到了一切。这时，一个大胆的计划在他脑海里成型：他决定将犯罪者豢养起来。"

"豢养？"所有人都咀嚼着这个词语的含义。

"没错，正如我们豢养家禽和牲畜一样，一旦有需要，就将它们全都杀掉，一饱口腹之欲。"霍雨薇随口说出的话让所有人为之胆寒，"刘辞往想到，这个凶手所杀的对象刚好是自己母亲昔日的大学同学，何不借此机会顺势而为，将当年可能侵犯了妈妈的嫌疑人全都杀了呢？"

"他不可能知道张家富和林强两人现在的住址！"

"这是你无意中告诉他的。"霍雨薇耸耸肩，"刘辞往经常去你办公室，出于信任，你也会让他帮你守着办公室，自己出去买咖啡、上洗手间什么的。他有足够的时间打开你的电脑，查找那两人的信息。他通过日记知道两人的名字，再推算一下年龄和职业，将所有资料导出后回家慢慢筛选，找到他们的住址的机会非常高。"

"就算如此。"堂仕文接着问，"为什么这么多年他都没任何行动，偏偏等到现在才动手？"

"最重要的理由当然是，他在这起案子中有着无懈可击的不在场证明，这种千载难逢的机会能够将他完全排除在嫌疑人之外。"

霍雨薇忽然冲着堂仕文问道："仕文我问你，犯罪心理学里对于在现场留下专属身份标志的凶手的行为，是怎么进行解释的？"

堂仕文愣了会儿神，才慢悠悠地回忆道："这说明凶手在某方面有着极强的表现欲，可能是在表现智商上的优越，或者是体力上的优势，这在连环杀手史上出现过很多次。比如臭名昭著的开膛手杰克，他手下的五个受害者都被肢解，他以此来吸引全社会的注意，他还通过寄犯罪声明愚弄警方，这两点都可以看作凶手在抒发其过剩的表现欲；还有一些凶手会将尸体以常人无法理解的方式进行布置，以达成某种'仪式感'，这也是犯罪者表现欲的一种形式。在刘氏夫妇案中，凶手虽然是个模仿犯，可通过对其进行犯罪心理画像，凶手过于自负的性格很可能让他与真正的红衣天使一样，充满无处发泄的表现欲。在红衣天使和模仿犯被悉数逮捕的情况下，他仍然选择将犯罪现场布置得如此具有冲击性，又是大把大把地撒口罩，又是放火焚尸，其表现欲较之红衣天使甚至更胜一筹！"

"倘若这个凶手突然发现有一个人正在模仿他的手法犯罪，而且警方也拿那个冒牌货无可奈何，他又会怎么做？"

堂仕文对霍雨薇提出的问题感到奇怪，不过还是如实回答："具有表现欲的凶手常常拥有极强的自尊心和控制欲，他们坚信自己的犯罪是完美的，不会被任何人发现，甚至认为自己是艺术家，是正义的使者，因为在所有死者和恐慌的民众面前，他们就是掌握生杀大权的上帝。假如真的遇到这种情况，凶手会觉得自己的权威受到了挑战，会恼羞成怒，必定想尽一切办法除掉那个冒牌货，向所有人证明自己才是真的，不达目的誓不罢休。著名推理作家、中国刑事警察学院的教师雷米在《心理罪之城市之光》中就曾经提到过这种心理现象……"说到这里，堂仕文像想到什么似的，突然愣住了。

"你说得非常准确，我相信，这么简单的道理，心理学专业的刘辞往不可能不知道。"霍雨薇望向刘辞往，目光中蕴含着无奈、同情和无法掩饰的愤怒。"在警方花了整整十年也无法破获的案子面前，在凶手逍遥法外十年之后，他只能想到这个办法，这个唯一有可能将凶手引出来的办法——那就是自己成为假的红衣天使，不停地杀人，将这件事情闹得沸沸扬扬，逼得真正的红衣天使不得不现身，随后趁机将他抓住，报自己的灭门之仇。这，就是凶手的真正动机！"

第十四章　链 爱

　　刘辞往用力咬住了嘴唇，血液从干裂发白的唇上渗出。堂仕文不知出于什么想法，愤恨地用力捶打着松软的沙发。其他人都无言地望着刘辞往，神色复杂。

　　"那么……"董菁开口了，面色有些微妙，"韦随荣案的凶手究竟是谁？"

　　"就是那个自杀的尤新知。"霍雨薇答道，"或许说是'被伪装成自杀'比较合适。"

　　"可是尤新知的自首书……"

　　"毫无疑问，尤新知也是被刘辞往杀的，自首书也是伪造的。那天晚上制服尤新知后，刘辞往将她带回了自己名下的另一处住宅——位于冬晨花园的房子里。那是刘辞往父母的遗产。他将她软禁起来，拿到了她作案时穿的衣裤和帽子。

　　"我猜他用了束缚服来限制尤新知的行动，这种衣服是精神病院专门用来控制精神失常病人的，其受力面比绳子要大，弹性也很强，不会在人体上留下太多勒痕。等到刘辞往杀掉温澄之后，他觉得自己藏不住了，就把尤新知抛出来当替罪羊。他劝诱尤新知按照自己的意思写下自首书，承诺对方只要写好了就还她自由。但最终结果大家都知道了，他用安眠药杀了尤新知，伪装成红衣天使畏罪自杀的假象。"

申薰问："万一尤新知不写自首书怎么办？这可是关乎好几条人命的事情，我想她并不会这么容易就背上这个黑锅。要是遇到这种情况，刘辞往的计划不是功亏一篑了吗？"

霍雨薇摇头道："第一，尤新知在被监禁那么多天后，精神和肉体的压力已经达到极限，此时以自由来诱惑她，她一定会心甘情愿地写下自首书的；第二，谁说尤新知就一定会背黑锅呢？"

"可她明明写了自首书……"

"自首书上可有一个字说是她杀了韦随荣以外的人吗？"霍雨薇将自首书的文字版投影在屏幕上，大家来来回回读了好几遍，不禁发出疑惑的低呼。

"这是一个非常聪明的伎俩。刘辞往在监禁尤新知的过程中，断绝了她跟外界的信息交换通道，她根本不知道外面有人代替自己作案，因此在她看到刘辞往给自己拟好的自首书时，只会觉得那仅仅是承认自己杀了韦随荣的自首书，自己是真的杀了人，所以就算这样写也没什么。

"文中对于所谓其他'猎物'的描述，其实也是一种刻意的误导。在尤新知的计划中，原本并不打算只杀韦随荣一个人，可能还想杀掉更多跟她有仇，或是杀掉无关的人以撇清自己在动机上的嫌疑，但她都还没来得及付诸行动就被刘辞往逮住了。当尤新知看到刘辞往这部分的措辞时，也只会觉得他说的是自己之后的计划，根本不会起疑。可是这份自首书在其他知情者看来，就是她谋害多条人命、最后畏罪自杀的如山铁证！"

刘辞往的头垂得更低了，深深地埋入了双膝中，仿佛这样就能逃避霍雨薇对他的控诉。

"可小尤……"郭博城艰难地开了口，"她为什么要模仿红衣天使？又为什么要杀掉韦随荣？"

"模仿红衣天使的理由已经无法考证了，不过我猜她当年也是红衣天使的拥护者。通过仕文对尤新知的描述，她应该是一个非常软弱自闭的人，这种性格的人会在心底憧憬强者，而能够随意主宰别人生死、让大众畏惧的红衣天使，显然是她的憧憬对象。十年前案子发生时，她很可能是红衣天使暗网成员中的一位，后来暗网被迫解散，她逃过一劫，潜伏在人群中。可是她内心的暴戾并没有消散，而是越积越多，直到遭遇韦随荣的威胁，她终于爆发了。"霍雨薇面带怜悯地摇摇头，"尤新知害怕韦随荣揭发她，先假意顺从，和他频繁接触，了解他的生活状态，之后趁机杀了他。就在制订好计划后，尤新知内心对于红衣天使的憧憬爆发了，她产生了自己已经凌驾于所有人生命之上的错觉，于是模仿了自己偶像的作案方式，在现场留下了那个口罩。"

说到这里，霍雨薇转头望向郭博城："说起来，你其实应该感谢刘辞往。"

"感谢？为什么？"

"刘辞往当天是在西双版纳小镇撞见尤新知的，对吧？当天晚上，她很可能正打算对你下手。"

郭博城震惊不已："她为什么……"

"因为她要消灭所有牵扯进财务造假事件中的人。在杀掉韦随荣之后，尤新知已经无所顾忌，今天她虽然和你在一条船上，谁知道明天你会不会一脚把她踹进水里，因此她干脆一不做二不休，将你们全部解决。虽然这个想法很蠢，不过她还是付诸行动了。"

郭博城嘴里发出了不明所以的呜咽，旋即不断摇头叹息。

"说完尤新知，让我们把注意力转回刘辞往身上。不知为什么，他的杀人行为被女友温澄发现了，有可能是他的异样举动引起了温澄的怀疑，在他出去时跟踪他，也有可能温澄去过冬晨花园，发现了被软禁起来的尤新知。总之她非常气愤，在她心目中，男友见义勇为的高大形象已经彻底崩塌，她愤而离家出走，打算把这件事情告诉警方。刘辞往害怕她这么做，经过一番内心斗争，还是选择追了出去，将她杀害。因为这是一起激情犯罪，所以现场留下了很多证据，不只是你绕开蜡烛走的习惯，现场甚至留下了你的DNA。"

"要是他真的留下了DNA，法医怎么可能检测不出来？"堂仕文问。

"刘辞往从背后偷袭温澄时，为了不让她尖叫出声，引起周围住户的警觉，肯定用手捂住了她的嘴。温澄在极其痛苦时用力咬伤了他的手，她的口腔内肯定残留有刘辞往手部的皮屑和血液。刘辞往当时可能是太紧张了，回到家后才发现这点。一旦温澄嘴里的证据被发现，他一定会被逮捕的，所以他必须想出解决的办法。

"第二天他接到堂仕文的通知便冲到现场，在尸体旁边做出近乎自残的举动，让手受伤。接着他通过抚摸尸体嘴唇这种恋人之间很正常的亲密举动，让温澄的嘴再次粘上他的皮屑和血液。如此一来，即使法医在尸体口中发现属于刘辞往的DNA，也不会觉得奇怪了。"

闻言，堂仕文冲过去一把拎住刘辞往的领子，把他从座位上拽起，愤怒地大吼道："你居然是这种人！我当时还以为你是太过悲伤，所以并没有阻拦你，没想到……没想到你居然是为了隐藏自己的犯罪证据！"

"我也不想这样的！"刘辞往涕泪横流地吼道。他的声音沙哑，就像是丧家之犬一般，只能用号叫来掩藏自己的软弱。他又回想起那天夜里，温澄瞒着他进入了冬晨花园，发现了被囚禁的尤新知，然后回来质问他的场景，她当时的每一个动作每一个表情甚至说的每一句话，他都记忆犹新，因为那是她遗留在人世间最后的东西。

"我是真的爱澄澄，我是真的爱澄澄的啊！"刘辞往不断重复着这句话，好像在尽力说服所有人，更像是在尽力说服自己。

堂仕文突然觉得面前这个和他有十几年交情的朋友很陌生，那张不断忏悔的嘴喷出的湿热的空气，让他感觉到一阵压抑不住的恶心。他将刘辞往扔在地上，嫌恶地退后两步，像是走在大街上的行人绕开在垃圾堆里刨食的野狗。

真是可怜了温澄，她至死可能都想不到，你居然真的狠得下心出手杀了她。那天晚上，她负气离家，在没有灯光的小巷中踽踽独行，周围的黑暗和鬼节的气氛让她害怕。这时，她听到了脚步声，她看到你从巷子尽头朝她跑来。温澄很开心，她以为你是来追她的，因为你舍不得她，你会为了她去自首，重新成为那个开朗、富有正义感，并且是她深爱着的刘辞往。她甚至做好了假装闹点别扭就抱住你的准备，可她刚走两步，就看到了你手中的刀。

"真是可怜啊！她到死都不相信你竟然下得了手，当时内心的那种疼痛一定比身体上被你扎的那几刀厉害好几倍吧？"霍雨薇嘴角勾起一个鄙夷的冷笑，"你摸着自己的良心好好想想，你当初给过她的所有承诺，和你自己的性命相比，是不是都在放屁？"

刘辞往不停地摇着头，想说话却只能发出断断续续的呜咽。他双手使劲地捶着地板，发出沉闷的敲击声，手上的伤口裂开，鲜血在地板上印出纹路鲜明的梅花。

霍雨薇睥睨着痛苦不堪的刘辞往，又抛出一颗重磅炸弹："我知道当年事件的真相。"

一瞬间，刘辞往止住了哭号。他抬起头，惊疑不定地望着霍雨薇，对方绽放出了一个嘲讽的微笑："虽然缺乏实质性证据，不过我通过杨璨璨的日记，找到了一个能够合理解释当年密室强奸案和刘氏夫妇案真相的答案。"

"是谁？！"刘辞往手脚并用，爬到霍雨薇脚边，发疯似的大吼，"告诉我，那个浑蛋是谁？！"

"你确定真的想知道吗？"霍雨薇那丝诡谲的微笑并未消失，唇角反而勾得更高。"我敢保证，案件的真相会让你变得比现在不幸一万倍。"

不知道为什么，在场的众人看着霍雨薇迷人的微笑，却仿佛跌入了南极冰原的裂缝之中，寒冷刺骨。

"我要！"刘辞往坚定地说。

霍雨薇看向申薰："你也多少猜到了一点吧？"

申薰闭上眼睛，痛苦地点头。

"那，就让这两起案子的真相大白于天下吧。"

屏幕上画面一转，变成了密室迷奸案中的疑点。

1. 凶手是谁？

2. 那人这么做的动机是什么？只是为了单纯地得到杨璨璨的身体，还是有更深层次的用意？

3. 招待所的密室是怎么形成的？

霍雨薇脸上的笑容仿佛要溢出来："我就从那个匪夷所思的密室讲起吧。其实那个案子的诡计并不复杂，只是最寻常的机械密室的变形而已，关键就在于洗手间里的某样东西。你回忆一下，现场的洗手间跟其他酒店的洗手间有什么不同？"

"那个放不稳的蓬头？"

"没错，那就是完成密室诡计最不可或缺的一个要素。无论酒店设施多么差，都不可能把固定不了的蓬头给客人使用，我相信没人能够忍受洗澡时必须一只手把蓬头举起的情况，所以现场的蓬头一定是能够固定住的。之所以无法固定，是因为凶手将某个东西拿走了。"

"什么东西？"

"从蓬头里喷出来的水。"

"水？"刘辞往不明就里。

霍雨薇按了按遥控，一张示意图出现在屏幕上。

"招待所的蓬头应该处于这样一个状态：由于支架不稳，蓬头会因自身重量掉下来；然而蓬头一旦开始往外喷水，情况就会完全不同。蓬头在打开时，喷出的水会给蓬头本身一个反作用力，支撑着蓬头不往下掉，一旦关掉龙头，反作用力消失，蓬头便会坠落。凶手正是利用这个特性制造了密室。

"他在杨璨璨昏迷后剪了一小把她的头发，将它们绑成一个长约两米的大环——杨璨璨从大学开始就是齐腰长发，证据就是她在一九九八年六月二十二号的日记里写到的'我用手捂着额头的伤口，血液顺着我的头发一直流到了地上，被阳光晒得发烫的地面霎时间激起了一阵铁锈的腥味'，女生坐倒在地，血液能顺着头发流到地上，说明头发的长度应该有七八十厘米，绑个三五节应该能达到两米的要求。

"之后凶手把环的一端用力缠在香皂上，保证它不会掉下来后再放进地漏里，再将环套在蓬头上，接着打开蓬头，让被水流支撑的蓬头稳定在蓬头架上。完成上述步骤后，他拉着环的另一端走出洗手间，经过房门时把插销的把手往上拨，然后来到房门外，小心地把环挂在插销上，随后关上房门，密室的布置就完成了。

"最后，凶手只需要来到走廊尽头，关掉水阀，此时蓬头失去支撑落下，给了插销一个向左下方的力，插销被顺势拉动，门就这样从内侧锁上了。由于蓬头的重量和速度，脆弱的头发被从中扯断，地漏中的香皂失去支撑也往下落，把断掉的头发拉进下水道深处，这个密室就算完成了。证据就是警方在地漏口发现未被完全销毁的头发，以及保洁人员所说的当晚招待所二楼曾短暂停水的证词。"

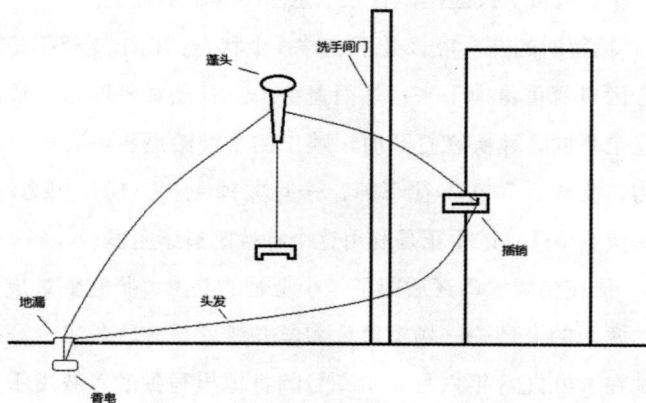

密室诡计示意图

刘辞往目瞪口呆地看着霍雨薇，没想到困扰警方那么久的密室，她居然仅通过阅读日记的方式就给解决了。

申薰的声音又一次从手机里传出来，这次她的声调不如之前那般充满活力，而是变得深沉："不过凶手为什么要用璨璨的头发，而不是钓线来完成密室呢？"

"有两个原因，一是头发比较容易被扯断，我相信编织套环的头发数量也是经过凶手无数次实验而最终确定下来的；二是头发出现在洗手间是再正常不过的事，警方很难将其和密室诡计联系起来。顺便一提，之所以用香皂做重物是因为香皂能被水溶化，时间一长自然会消失，如果不是下水道堵了，警方也不会发现它。"霍雨薇叹了口气，"我相信这个密室诡计，以李文警官的老到肯定也破解了，但他之所以没有说出来，是因为他迟迟找不到证据。警察可不能随性说出自己的推理。正如我先前所说，这个密室诡计也仅仅是在我的脑补下推出来的，我也给不出任何实际证据。"

"你也知道凶手是谁了吧？"刘辞往像没听到霍雨薇的话一般，急切地问。他的嘴唇有些哆嗦，自己二十年的心结即将就此解开，他感觉自己浑身都在剧烈颤抖。

霍雨薇凝视着他，像是在欣赏一座即将融化的冰雕。令刘辞往不解的是，他从霍雨薇的目光中读出了怜悯，还有一丝丝不明所以的嘲弄。相比起侦探这个角色，她更像一名看客，面前所发生的一切不是真实，而是一出戏。正当他思考着这份目光里蕴含的感情究竟是何意味时，霍雨薇已经轻声说出了答案。

剧透屋霎时间陷入了死一般的寂静。所有人的呼吸声和心跳声在那一刻仿佛都停止了，时间也似乎停下了脚步，凝固了所有人面容上惊诧到扭曲的表情。霍雨薇的话好似无垠海洋中一朵渺小的浪花，在冲向岸边的过程中逐渐壮大，层层叠叠地，成为能够摧毁城市的海啸。

"凶手是你的父亲，刘隐。"她如是说。

刘辞往感到自己原本狂乱的心跳突然间因为屏息而停滞，紧接着宛如蜜蜂振翅般的耳鸣占据了他的所有知觉。

"不可能！"他猛地跳起来，"绝对不可能！"他的语气笃定，好似在阐述一条公理。"我爸绝对不可能是凶手！"

"凭什么？"霍雨薇冷冷地反问。

"凭他是爱我妈妈的！很爱很爱，甚至可以为了她去死！"

"你不也爱温澄吗？最后不还是让她为了你去死。"

"我……"刘辞往一时语塞，"还有，他的 DNA 和现场避孕套内精液的 DNA 不符合！"

"你能构思出那么缜密的作案手法，却想不通这里面的细节，你是长了个猪脑子吗？"霍雨薇尖酸刻薄地说，"那是因为精液根本就不是刘隐的。"

"那会是谁的？他怎么可能这么容易拿到别人的精液？难道去路上随便找个人说'麻烦你让我撸一管'吗？！"

"还有更简单的方法，"霍雨薇再次露出了那种让人不舒服的微笑，"与男性发生关系。"

刘辞往一时间愣住了。不仅是他，所有人都愣住了，就像是正在放映的视频被人按下了暂停键，大家面容上或惊愕或诧异的表情都定格了，竟然显现出不符合气氛的滑稽。

"你……说什么？"刘辞往的表情第一个解冻。

"当天晚上，刘隐和另一个男人在同一座招待所内发生关系，目的就是拿到他的精液！"霍雨薇的语气充满了愤怒，"刘隐先将杨璨璨迷昏，然后搬到二〇一室，之后来到另一个房间，在那个男人面前脱光衣服，然后像一条狗一样摇尾乞怜，和他发生关系，从而拿到装满他精液的避孕套！"

"不可能！绝对不可能！你在骗我！"

霍雨薇不加理会，接着说："一番雨云之后，刘隐用同样的手段将男人也迷昏。他带着精液来到二〇一室，强奸了昏迷中的杨璨璨，之后在一个新的避孕套上沾上她的阴道液，最后将男人的精液灌入避孕套，丢进洗手间，一切就都完成了！"

"你在胡说八道！"

"我说的一切都有证据！"霍雨薇的话让刘辞往闭了嘴，"二〇一室的脚印间隙比平常人的脚印宽了一倍，不是因为凶手负了重，而是因为他在第二次进入现场时已经和其他男人发生了关系，首次尝试同性之间的性交让他的肛门括约肌受损严重，疼痛难忍之下他只能尽量分开腿减少伤口的摩擦，这就是现场遗留的特殊足迹的真相！日记里记载着在李警官见到刘隐时，刘隐的腿脚不方便，那不是像他所说的摔了一跤造成的，而是因为这样走路能够缓解他的疼痛！"

刘辞往全身都如同筛糠一样颤抖，他的牙齿因抖动而不停碰撞着，发出咯咯的声音，乍听之下仿佛是一个小孩在笑，场面十分诡谲。

"那个男人是谁？"他从牙缝中挤出这句话，"我爸……和刘隐发生关系的那个男人是谁？！"

"韦随荣。"霍雨薇一字一顿地说，这个名字再次让刘辞往失控了，也让申薰和董菁惊叫出声。"'奔特酒吧'——取这个名字的人已经暗示了这个酒吧的真正用途了，奔特是英文单词bent 的译音，翻译成中文就是'弯的'，这个词的引申义最先由英国民众提出来，专指同性恋者，所以这个酒吧就是一个专门为同性恋者开放的场所！

"你再回忆一下他们三人在酒吧喝酒时的场景，韦随荣对酒保说'我还是老喝法'，这说明他是这间酒吧的常客，那么他的性取向也就不难猜到了。"

刘辞往已经没有了当初的歇斯底里，只是声音低沉地喃喃念叨："既然他是同性恋，为什么当初还要向我妈求婚？"

"可能是因为杨璨璨的拒绝太狠了，他在冲动之下出柜；也可能他只是想找个看起来不会管自己的结婚对象，让家里人安心而已。这些都无所谓，总之他才是精液的主人。"

"可是他们俩的头发我妈都送给李警官做比对了，结果显示精液不属于他们任何一个人，这又怎么解释？"

"这件事情没有败露，还要多亏刘隐。"

"又是我爸？"

"是的，你爸为了追到你妈还真是用心良苦啊，和你为了找到杀害你妈的凶手一样，你们家的变态是祖传的吗？"霍雨薇讥讽道，"你们看一下这段视频。"霍雨薇将页面切到韦随荣家门口的监控录像，当视频中的韦随荣为凶手开门时，她按下了暂停键。

"你们发现了什么吗？"

众人望着屏幕，董菁和申薰一齐"哎"了一声。

"怎么回事？"郭博城问。

"随荣怎么秃了？"她们异口同声。

"他一直都是谢顶。"郭博城不知两人为何反应这么大，"至少他三十多岁升上管理层的时候就是这样的了。"

"这十多年他工作很辛苦吗？我记得他大学时还留着当时很流行的中分呀。"董菁说。

霍雨薇说："假如他不是工作后才谢顶的呢？"

"不会吧，我们同学四年，他一直都……"说到这里，申薰突然被自己噎了一下，"你是说，他一直都戴着假发？"

"正是如此。"

"那他当时给警方做 DNA 鉴定的头发……"

"是别人的。"

"不可能！"刘辞往硬生生地插入他们的对话，"用头发做 DNA 鉴定的其中一个条件，就是头发离开头皮的时间必须在两周内，否则会提取不到足够的 DNA ！"

"你自己都说了有两周时间，刘隐一个心思缜密到能够设计出如此复杂案子的人，一个能够和韦随荣发生关系的人，他会想不到将案发时间控制在两周内，他会不知道韦随荣什么时候换了新的假发？他只需要以送礼的名义给韦随荣送一顶新的假发，就是这么简单。"

刘辞往继续做着挣扎，犹如一个拼命寻求支撑物的落水者："可是做 DNA 鉴定需要的头发必须要连带着发根一起，因为鉴定中心只有从毛囊中才能提取 DNA，而只有将头发连根拔起，才能带出毛囊，用剪刀剪下来的头发可无法做鉴定！"

"你忘了自然脱发也能带出头发的毛囊吗？"霍雨薇一句话就将刘辞往噎了回去，"自然脱发虽然带出的毛囊可能不够多，不过这也只是会在一定程度上影响检测顺利进行，并不会影响结果的准确性，若是一次性给够十几二十根头发，这种影响就能降至最低。

"刘隐计划好后，定制了用脱落的头发制成的假发——不用怀疑，这种业务是绝对存在的，剪下来的头发因为无法分辨发根和发梢，做出来的假发真实感欠佳，但是用脱落的头发做出来的假发则恰恰相反，因为毛囊的位置能够确定，编织出来的头发看起来更像真的，当然价格也更贵。不过这些在犯罪计划面前都显得微不足道。

"之后，他按照我刚才所说的方法完成了犯罪，而当听到警方要求比对ＤＮＡ时，他顺理成章地让韦随荣拔下头上的假发，以此蒙混过关。"霍雨薇伸出两只手指，"这段推理的证据有二：其一，根据日记记载，韦随荣在拔头发时'好像很怕疼，一手按住发根，另一手用力扯下好大一把头发'，可你们不觉得奇怪吗？一般为了避免疼痛，在拔头发时都是一只手抓住发梢，能有多快就有多快地拔掉头发，可他选择了用另一只手按住头发，这是因为他害怕一用力把夹在其他头发上的假发给扯下来，所以必须把它固定住。

"其二，韦随荣之所以选择拔头发的方式做鉴定，完全是因为刘隐那句'他晕血'，可是事实表明，韦随荣根本不可能晕血，这一切也都是刘隐的阴谋。"

"你怎么知道他不晕血？"刘辞往问。

"因为在日记当中，杨璨璨他们举行毕业聚餐时，曾有这么一段描述'韦随荣鼓起勇气尝了尝没人敢动的生拌牛肉丝'。生拌牛肉丝的做法是将生牛肉切成丝，在上面放上生鸡蛋的蛋黄。晕血症可不是只晕自己的血，而是面对所有血液时都会产生眩晕感，既然韦随荣能吃生拌牛肉，那就说明他根本不可能晕血，那句话是刘隐临时说的！

"至于韦随荣为什么没有反驳，我猜是因为他们两个在对视的过程中，韦随荣读懂了刘隐的意思，联想这段时间对方送自己假发的举动，很容易想到遗留在密室中的精液是自己的。为了息事宁人，他默许了对方的说法，帮助刘隐完成了这起完美犯罪的最后一环。"霍雨薇神色之中对刘隐的厌恶和反胃愈发明显，"你们或许会问，要是李文当时让韦随荣用唾液来做DNA比对的话，一切不都穿帮了吗？刘隐当然考虑到了这一点，因此他主动提出了取韦随荣的毛发。若是警方不同意，他也无所谓，一旦比对结果吻合，韦随荣就陷入了窘境。如山铁证面前，他既无法自证清白，也对自己和刘隐之间发生的那种事难以启齿，况且他还有迷奸杨璨璨的充足动机，倘若刘隐在取韦随荣精液时有意避开了目击者和摄像头，韦随荣就跳进黄河也洗不清了。当然，此种情况的发生也会给刘隐带来不小的麻烦，所以他也在竭力避免它的出现。令他庆幸的是，这个异想天开的计划居然真的成功了。

"之所以选择韦随荣，而非随便选一个人，也正是因为这个诡计。随便找来的人可能会在无意之间与其他人提起这件事，若那人非常不凑巧地被卷入某些事情而被警方采血，事情就会很快暴露。相比之下，韦随荣在刘隐的掌握之中，这么做虽然比较冒险，但是只要运用了这个诡计，一切都是可控的。要证明我所说的一切是非常简单的。强奸属于重罪，有关资料被永久保存，其中当然有遗留在现场的精液的DNA样本，只要再次进行比对，结果自然会大白于天下。"

刘辞往张着嘴巴，似乎还想说点什么，可是他的咽喉里咕噜咕噜的，只能发出意义不明的气泡音。

"接下来的展开就非常简单了。只有女神被拉下神坛时，她才甘愿和凡人度过平淡的一生。你想想，假如没有经历那次事情，杨璨璨会和刘隐结婚吗？"不等刘辞往回答，霍雨薇就斩钉截铁地说："她不会，她只会把他当成一个可有可无的朋友，她会找到一个家庭环境和性格修养都和她般配的男人，然后结婚生子，过着幸福的生活。至于刘隐，他会被遗忘在记忆里的某个角落，只有在回忆往昔时才会从灰尘掩埋的抽屉里翻出来，因为杨璨璨一辈子都不会喜欢他这种人。"

忽然间，刘辞往想起了日记里的某段内容，想起二十年前的那个中午，在那个人来人往的餐厅，刘隐用无比严肃认真的表情对杨璨璨说出的那句话："我可以为你做任何事情。"

刘辞往突然感觉很恶心，趴在地上疯狂地干呕起来，但他什么都没有吐出来，只有唾液混合着鼻涕和泪水落到地面上。

"既然已经解开了密室迷奸案的谜团，十年前的红衣天使案也该落下帷幕了。"霍雨薇完全不理会刘辞往，依旧自顾自地用平静的口吻说道，"其实这起案子的真相十分简单，可警方之所以没能看穿凶手所使用的诡计，只是因为他们没有将二十年前的密室迷奸案和十年前的这起案子联系起来而已。只要将二者当成一个整体来看待，案件的真相自然不难推测。"

霍雨薇将 PPT 切换到最后一页，屏幕上投影出本案的问题。

1. 凶手是谁？
2. 监视密室是怎么形成的？
3. 凶手制造密室的动机是什么？
4. 凶手的杀人动机是什么？

"乍看之下，这起案子的问题非常多，可实际上，只要解决了其中任何一个问题，其他难点都会不攻自破——那就是第一点：凶手的身份。"

说到这里，霍雨薇停顿了一会儿，望向众人。堂仕文收起了刚才颓唐的样子，认真地听着。刘辞往蜷缩在地上，但是哭声已经止住。其他人也都屏住呼吸，想要了解这起困扰警方十年的凶杀案的真相。

"你一定不会忘了警方当时对凶手的犯罪心理画像的结果吧，'凶手曾经受到过足以颠覆其性格和三观的沉重打击''凶手是一个表现欲强、自信甚至是自负的人'。你不觉得，这和某个人的性格十分相似吗？"

宛如喜剧高潮来临前的短暂压抑，宛如暴风雨来临前的片刻安逸，剧透屋就像是冰冷幽暗的深海，看似没有波澜，实则暗潮涌动。

"凶手，就是杨璨璨本人。她，是自杀的。"

仿若沉寂在海底的火山突然喷发，滚烫的熔岩喷薄而出，将原本寂静无声的深海搅得天翻地覆。

刘辞往觉得自己就快要窒息了，腹部一阵痉挛，呛得他直咳嗽。堂仕文也愣在了原地，仿佛一座雕刻失败的雕像。

"通过日记中刘隐对杨璨璨的评价，我们不难得知她是各方面都很优秀的人，这类人多多少少都有些傲气；她年少得志，却在密室迷奸案中从云端坠入谷底，性情也因此大变。这些都符合画像的结果。

"话说回来，其实说杨璨璨是自杀，这并不准确，真正的经过是：杨璨璨先将刘隐杀掉，随后自杀。"霍雨薇让火山的喷发变得更猛烈，"仔细想想，警方缘何判断两人是被谋杀的？一是由于犯罪现场留下了红衣天使的标志，因此怀疑有模仿犯借此除掉仇人；二是由于犯罪现场没有凶器，怀疑它被凶手带走了。但是除此之外，还有更坚实的证据能够支撑这个结论吗？

"只要反过来想想就能明白，两名死者的社会关系网中都缺少具有充分动机的人、犯罪现场所处的小区是一个完美的密室、凶手在现场及周围没有留下任何痕迹，以上哪一点不满足自杀的条件？"

"我妈为什么要这么做……"刘辞往像是在质问，又像在自言自语。

霍雨薇表情沉重。

"她是为了报复刘隐。从刘隐对杨璨璨的评价里我们很容易得知，杨璨璨是个心高气傲的女生。她家境不错，相貌身材一流，工作能力很强，几乎可以说是一个完美的人。这种人都有一个特点——自尊心极强。

"但是刘隐的所作所为，彻底地击垮了她的自尊心。即使日记里只有只言片语，但我们不难猜测，杨璨璨从此性格大变，她不再像以前一样自信，甚至变得小心翼翼，害怕触碰那一段过往，害怕自己的'肮脏'暴露于阳光之下。所以她自卑，她自怨自艾，只能畏畏缩缩地守护着大悲过后来之不易的小小幸福。

"然而，她一直坚信的幸福，却在某一天在她的面前轰然崩塌，如同一面巨大的镜子，原本能够照出她的美貌，却在突然碎裂之后将她划得遍体鳞伤。"霍雨薇叹了口气，"在最后一篇日记里，她写到自己打算重新回顾以前的所有日记，回味已经过去的生活。可正是这段回顾，让她无意间发现了密室迷奸案的真相。"

众人默然无语，即使相隔十年，他们仿佛也能看到当时杨璨璨悲愤欲绝的模样。

"如果是你们，突然发现自己爱了十年的恩人竟然是当初的死敌，没有他你根本不会沦落到今天这般境地，甚至生活要比现在好一千倍、一万倍，你们会怎么办？"

没有人回答，因为答案已经昭然若揭了。

"杨璨璨的选择是杀了刘隐，然后自杀。"霍雨薇无奈地摇摇头，"'糟糕地过了十年，将害自己落到如此地步的罪魁祸首当成救命恩人一样供奉着，这样的自己，一定很蠢吧？刘隐那个家伙，一定一直在暗地里看自己的笑话吧'——杨璨璨会理所应当地这么想，然后将对刘隐的厌恶同时转移到自己身上，她最好的年华已经被葬送了，所以她在悲怒之下选择了死亡。"

"但是！"说到这里，霍雨薇忽然加重了语气，她深深地望着刘辞往，眼里闪烁的高光带着意味不明的情感，"孩子是无辜的，他不应该为爸爸当年所做的兽行承担责任，他应该无忧无虑、快乐地活着，杨璨璨并没有迁怒于你，而是一直在努力为你着想。她像全天下所有爱孩子的母亲那样，在为你规划以后的人生道路，将她所有的爱无私地倾注在你身上！

"所以……她设计了这个密室。"

最后一句话似乎用尽了霍雨薇全身的力气，她说出口之后就低下了头，深亚麻色的头发轻轻扬起一角，脸颊露了出来。

啪嗒。

一点细微的晶莹从下巴坠落，掉在地板上，一闪而逝。

这个似乎一直对身边事情漠不关心的少女，居然在悄悄地流泪。

"你父母去世时你还在上小学吧？当你得知这个噩耗时，你的第一想法是什么？"听得出霍雨薇正在竭尽全力地抑制着哭腔。

"我……"刘辞往目光迷离，"我的第一反应是，天要塌下来了。要是能用我的性命换他们活过来，我会毫不犹豫地交出自己的一切。"

"杨璨璨最怕的就是你这种反应。她害怕你因为年幼承受不住父母双亡的打击，所以……"霍雨薇用力地吸了口气，近乎吼叫般的声音在屋内回响，"所以她虚构出了一个凶手，一个能够让你用尽一生去仇恨的凶手！她知道，只要那个凶手没有落网，你就绝对不会自杀，因为你要拼尽全力找到他，将他绳之以法，这样才能报了杀父杀母之仇！即便她准备去死，她也要想尽办法让你活下来！她留给了你一大笔遗产，留给了你生的希望和目标，这都是她计划好的！她对你的爱，比你想象的要多很多！"

刘辞往飘忽的眼神在一瞬间聚焦，瞳孔骤然缩小。

"她先杀了刘隐，接着在现场留下了代表红衣天使的口罩，随后自杀。事情经过就是这么简单，因为根本不存在凶手，所以没有人有充分的杀人动机；因为没有凶手进出过案发现场，所以现场是一个完美的密室；因为没有凶手入室杀人，所以现场没有留下任何毛发、脚印、指纹等线索！"

"那消失的凶器怎么解释？！"刘辞往歇斯底里地吼道，犹如愤怒的野兽在咆哮。

"凶器被人带走了。"

"是谁？"

"那个穿黑衣服的胖子，他扛着的那个大纸箱，里面装的就是凶器。"

"他是共犯？"

"不，他是商贩，违法商贩。"霍雨薇说出来的这句近乎冷笑话的台词把刘辞往噎了一下。

"我并没有跟你开玩笑。"她补充道，"杨璨璨日记的最后一章写道，'有一群专门负责偷窃贵重医疗器械并倒卖的犯罪团伙来联系我，要我做内应，将科室里的医疗器械偷出去给他们'，那个胖子，应该就是这个犯罪团伙的成员，而他带离现场的，就是日记里提到的水刀切割机。

"水刀切割机早在二〇〇二年就已经引进国内，一般作为外科清创的工具之一，其原理是以高压将生理盐水加速到超音速，对人体组织进行切割。你知道超音速是什么概念吗？在那个速度下，即使是一粒橙籽儿也能轻而易举地射穿你的心脏。

"杨璨璨用水刀杀了刘隐，之后将它固定在某个位置，对准自己的心脏，按下了开关。超音速的水流瞬间划破胸口的表皮、肌肉和脂肪，刺穿了正在跳动的心脏，生理盐水混入血液，消失得无影无踪。"霍雨薇说，"之所以这样做，是因为一些有经验的法医能够通过伤口的方向，在一定程度上推测死者究竟是死于自杀还是死于谋杀，虽然这种推断不一定能够成为证据，但是事关自己儿子的性命和未来，她不能冒险。"

"可现场的火是谁放的？"刘辞往问，"那样的话，我妈应该在心脏被刺穿的那一刻就已经……"

"你忘了杨璨璨被刺破的地方是心房吗？心房在受到穿刺性损伤时，其自身肌肉会自动进行收缩闭合，堵住伤口，减缓血液的流出。而这宝贵的几分钟，就是杨璨璨实施计划的关键。她忍住剧烈的疼痛，利用这段时间，将水刀机装进纸箱，推到房门口摆好，然后回到房里，将早就放在两人身旁的可燃物点燃，最后通过短时间的高强度剧烈运动——比如弹跳、深蹲——让自己血压升高，血液冲开伤口，造成失血性休克，最终导致死亡。"

那一瞬间，刘辞往眼前自然而然地浮现出了这样一幅画面：妈妈闭上了眼睛，按下了水刀的开关，水流射进胸口，疼得她闷哼了一声。她紧咬牙关，轻轻移动了水刀的位置，再按了一次开关，之后再移动，再按……

在这期间，她好几次要疼晕过去，可她还是坚持了下来。她强撑着把水刀切割机的电源拔掉，然后装进纸箱里。

胸口的血液正在慢慢渗出，染红了睡衣的前襟。

她用力把纸箱搬到了门口，这几乎用尽了她所有力气。她关上门，回到房里，用打火机点燃了那一堆包裹着棉被的书籍。火光之中，她使劲地来回跳动的身影显得有些滑稽。

突然，那个跃动的身影不动了。她捂住心口，缓缓地倒在地上，血液被灼干的铁锈味在空气中蔓延。

杨璨璨面色苍白，嘴角却露出一丝解脱的微笑。她盯着不远处的某个地方，随后闭上了眼睛，再也没有睁开。

刘辞往再一次哭了。这次不像之前那样声嘶力竭，他只是低低地呜咽着，宛如缩在街角无家可归的男孩。

刘隐对杨璨璨的爱、杨璨璨对刘辞往的爱，以及刘辞往对刘隐和杨璨璨的爱，在此刻编织成了一条牢不可破的锁链，这条锁链跨越了时间和空间，钉在他们的锁骨上，将三人紧紧拴在一起。

申薰捂着嘴巴，奋力压住自己的哭声。董菁仰起头，不断用指尖擦拭眼角的泪水。郭博城无奈地长叹一口气，身体陷进沙发里。堂仕文脱下了警帽，对着西方深深地鞠了一个九十度的躬。

"和杨璨璨约好的犯罪者在同一时间来到了现场，他带走了作为凶器的水刀切割机。屋内的火势迅速蔓延，将一切吞没。"接下来的话已经没有多少人在听了，可是霍雨薇仍然接着说了下去，"在那个天网系统还没有完善的年代，有经验的犯罪团伙要逃脱追捕并不是件难事。在这点上，杨璨璨只能选择赌一把，毕竟没有比这更好的方案。不知道究竟该说是幸运还是不幸，总之，她成功了。"

　　投影在一瞬间缩成一条线，房间陷入了昏黑。霍雨薇关掉投影仪，重新打开了落地窗。窗外的阳光照进来，驱散了所有黑暗。街上行人依旧络绎不绝，没有人注意二楼房间里的怪异景象，没有人被悲伤的氛围传染。一切都在继续，一切都要继续。

　　"这，就是案件的全部真相。"霍雨薇背对阳光，轻声说。

第十五章　迟到的梦

一个月后，G市人民法院宣布了对连续杀人犯刘辞往的判决：死刑，剥夺政治权利终身。

嫌疑人刘辞往并未提起上诉，只是像个断了线的木偶一样，站在被告席上，没有任何表情。

媒体第一时间将这个消息报道出去，让民众恐慌了许久的红衣天使案终于落下了帷幕。

据媒体报道，嫌疑人刘辞往在被拘留期间曾经尝试自杀，后被发现并及时送往医院抢救，最后捡回一条命。针对这一波折，网络上很多网民开始编各种各样的段子，一时间热度竟然超过了案子本身。

与案件相关的其他人则回归正常生活轨迹。

郭博城签下了保证书，保证以后不会再利用职务之便从公司收入中牟利，并且补交了所有税款。

董菁知道韦随荣的过往后，一夜之间想通了。她在G市找了个服务员的工作，打算重新开始生活。半年后，她找到了一个男朋友，虽然不是很帅也不是很有钱，但是他很爱她。

申薰在听完霍雨薇的推理后就买了一张机票，风尘仆仆地飞回国，之后马不停蹄地赶到G市的墓园，抱着杨璨璨的墓碑大哭。在后来的视频电话中，她跟霍雨薇说，自己打算跟 Carol 领养一个孩子，她要像杨璨璨那样，将自己一生的爱全都倾注到孩子身上。

堂仕文因为破案有功，被省厅领导表扬，但是他在庆功会上一直都是一副强颜欢笑的样子，因为他即将永远失去一个朋友。

霍雨薇继续待在她的纸之时代剧透屋内，每天翻两本书，喝着成分不明的饮料，悠闲地生活。这不是她第一次经历悲伤的案子，也不会是最后一次。反正没有什么会改变，有什么必要悲天悯人？

只不过，霍雨薇在不断解决案件的同时，也一直在等待着，等待剧透屋的房门被敲响的那天，进来的某个人能为她解答某起发生在自己身上并且是她至今也无法破解的案子。到那时，她会安静地为对方沏上一壶茶，聆听他的"剧透"。

刘辞往在被执行死刑的前一晚做了个奇怪的梦。梦中，案前的杨璨璨正在台灯灯光下写着日记，一边抽着鼻子一边奋笔疾书。

星空在闪烁，眼泪悄悄划过。

那个日记本后来被放在了刘辞往的书房中。在杨璨璨临死前的那一刻，她望着日记本的位置，露出了满足的微笑。

不知过了多久，火势蔓延到了书房里，火焰带起的热风将日记本掀开，翻动的书页哗啦啦地响着。火苗攀上了桌子，窜到日记本上，书页像皱缩了一般，在红色边沿的侵蚀下向中心快速变黑，成为一撮灰烬，一页页地，像是在中元节给先祖烧纸钱的场景。

最后一页也被火焰吞没。娟秀的字迹被卷曲的书页包裹，消失得无影无踪。

在书页完全燃尽的一刹那，刘辞往看清了上面的字迹。

辞往，你一定要代替我们，好好活下去。

次日，八·一八重大连环杀人案的凶手刘辞往被执行枪决。

终章　纸之时代，扬帆

　　"刘辞往的案子，真是难为你了。"剧透屋内，霍雨薇把头埋在书堆里，看也不看堂仕文。

　　堂仕文苦笑了一声："我是真没想到，辞往他居然是这么偏激的一个人。"

　　"在跟你们第一次见面的时候我就说过了，如果当时你能听我的，就不会发生后面这一系列悲剧了。"

　　"现在说什么也没用了。"堂仕文耸耸肩，"倒是你，在推理的时候一定很难过吧。"

　　霍雨薇的手僵了一秒，紧接着"啪"的一下把书合上："我有什么好难过的？不就是被亲生父母抛弃了吗？我还要谢谢他们，要不是他们当初大发慈悲地在我刚出生的第七天就把我丢进孤儿院，我也不可能和老爷子邂逅，更不可能坐拥这么大一间属于我自己的书屋，更不可能……"她声调降了下来，"更不可能成为剧透屋的泄底女王。"

　　据说纸之时代书屋在二楼船长室的位置有个剧透屋，里面有一个只听别人述说谜面就能给出谜底的安乐椅神探，人们称她为"泄底女王霍雨薇"。

237

据说这个霍雨薇在最近破获的红衣天使案中帮了很大的忙，不仅给她自己增添了名气，也为她所在的霍氏集团打了个免费的广告。

　　在世界的各个角落，各种离奇的案子正接连不断地发生，但只要你来到 G 市的两江商业广场，来到纸之时代二楼的剧透屋，和这个二十多岁的少女聊上一阵子，那么在她喝光杯中的诡异饮料之前，你绝对能够得到你想要的答案。

图书在版编目（CIP）数据

链爱 / 永晴著 . —北京： 新星出版社，2020.7

ISBN 978-7-5133-3905-6

Ⅰ . ①链… Ⅱ . ①永… Ⅲ . ①长篇小说－中国－当代Ⅳ . ① I247.5

中国版本图书馆 CIP 数据核字 (2019) 第 293819 号

午夜文库
m
谢刚 主持

链爱

永晴 著

责任编辑：王 萌
责任校对：刘 义
责任印制：李珊珊
装帧设计：人马艺术设计·储平

出版发行：新星出版社
出 版 人：马汝军
社　　址：北京市西城区车公庄大街丙3号楼　　100044
网　　址：www.newstarpress.com
电　　话：010-88310888
传　　真：010-65270449
法律顾问：北京市岳成律师事务所

读者服务：010-88310800　　service@newstarpress.com
邮购地址：北京市西城区车公庄大街丙3号楼　　100044

印　　刷：北京美图印务有限公司
开　　本：910mm×1230mm　　1/32
印　　张：7.75
字　　数：128千字
版　　次：2020年7月第一版　　2020年7月第一次印刷
书　　号：ISBN 978-7-5133-3905-6
定　　价：42.00元